「言ってみろ、フェリア。お前は誰のものだ?」

「あ、あなたの……クラウディオ様のもの、だからぁ……!」

「だからどうした?　どうしてほしい?」

「イ、イキたい……もっと……クラウディオ様、欲し……い……」

悪役令嬢、コワモテ陛下にさらわれました!!!

愛され奥さまにジョブチェンジですかっ?

宇佐川ゆかり

Illustrator SHABON

Jewel
ジュエルブックス

目次
contents

※本作品の内容はすべてフィクションです。
実在の人物・団体・事件などには一切関係ありません。

プロローグ

自分は、この光景を知っている。

呆然とフェリアは目の前の光景を見ていた。いや、見ていることしかできなかった。

王宮の庭園。夜会を抜けてきた男女が愛を語らう空間。そんな中、フェリアの置かれている状況は非常に奇妙なものであった。

「フェリア・レセンデス。お前との婚約は破棄する」

フェリアの目の前で、ヴァレンティンが宣言する。

フォルスロンド王国の王太子であるヴァレンティンとレセンデス侯爵家の娘であるフェリアの婚約が決められたのは、今から十年前のこと。

(私が、悪かったというの？)

胸の奥からそんな思いが込み上げてきたけれど、平静を装うべく、一つ大きく息をついた。

勢いよく顔を上げて、ヴァレンティンを見やる。

「――殿下、私は殿下のお考えになっているような行動はしておりません」

今日のために侍女達を総動員して選んだ赤いドレス。

フェリアの美貌を最大限引き立ててくれると侍女達も誉めてくれたそのドレスのスカートを摘まみ、フェリアは王子に向かって頭を下げた。

婚約者とはいえ、ヴァレンティンのことを愛したことなど一度もない。

ただ、彼にふさわしい淑女であらねばという努力だけは続けてきた。

彼との婚約を望んだ王夫妻と、両親に恥をかかせるわけにはいかなかったから。

「お前は、いつでも俺の婚約者とは言えない行動ばかりしてきただろう——俺が、それを知らないとでも？」

片方の腕を愛らしい少女の身体に巻き付けて、ヴァレンティンは空いている方の手でフェリアを指さした。

「——セレナの立ち居ふるまいをあしざまに言う」

「それは！」

怯えたような目をこちらに向け、ヴァレンティンに縋《すが》りついている少女——セレナ・エリサルデ。彼女は、フェリアのような高位貴族ではなく、下級貴族の娘だ。

本来ならば、王族と親しく接することのできるような人間ではないのに、いつの間にかヴァレンティンの恋人としてふるまっている。

思えば、彼女が王宮に出入りするようになった頃から、ヴァレンティンのフェリアに対する言動が変化してきたのではなかったか。

「彼女の落ち度を責め立てたかっただけだろう？」

「違います！　ただ、セレナ嬢のドレスが」

彼が何を言っているのか、フェリアにはすぐに理解できた。

先日、セレナが身に着けていたドレスを着替えるように言ったのがいけなかったのだろう。

だが、彼女が招かれていたのは王宮の晩餐会。袖のないドレスを身に着けるのならば、手袋は肘の上まであるものを着用するのがルール。

だが、セレナは手首までの手袋しか着けていなかった。

それに、セレナのドレスは、スカートの長さが少し足りず、足首がちらちら見えてしまう。若者達だけが集うダンスパーティーならともかく、王宮の晩餐会には不適切だ。

だから、彼女を見かけた時にフェリアは申し出たのだ。

『そのドレスでは、王宮の晩餐会にはふさわしくありません。もし、よければ私の着替えをお貸ししましょう。手袋も、それではいけません』

そう声をかけたら、セレナは大きな目からぼろぼろと涙を零《こぼ》した。まるで、フェリアが彼女の過ちを非難したかのように。

「いえ、いいんです。ヴァレンティン様……私には、正式なドレスなんて用意できないんですもの」

しくしくと涙を流す彼女の姿は、フェリアの目から見てもとても美しかった。ヴァレンティンの腕に縋りつき、彼の肩に顔を埋めている。

「ほら、お前がにらむからセレナが怯えているじゃないか」

「それも当然ですわ……だって、ヴァレンティン様と私が釣り合わないのは皆知っていますもの」

しくしくしくしく……彼女のすすり泣く声がますます大きくなっていく。

言葉を失ったフェリアは、二人の世界に入ってしまっているヴァレンティンとセレナを見つめた。

（この二人、前からこんな感じだったかしら……）

婚約が解消になるのはしかたないだろう。どこをどう見ても、彼の気持ちはフェリアにはないようだ。

けれど、以前からここまで人目もはばからずにいちゃいちゃしていただろうか。少なくとも、王太子として最低限の品位あるふるまいをしていたのにという疑問が残る。

「それだけじゃないだろう？　殿下、彼女の品行には問題がある」

フェリアを糾弾する場に入り込んできたのは、ヴァレンティンの護衛騎士だ。彼はフェリアに深々とため息をついてみせた。

「問題って！　私はそんなこと……」

「お前が、病院での奉仕活動のために集まってくれた貴族の女性達を追い返したという話も聞いているぞ。病院では手が足りなくて困っているというのに」

「……それは」

護衛騎士の言葉には、フェリアも黙り込んでしまった。

たしかに最近、病院での奉仕活動を申し出てきた令嬢達を、追い返したことがある。

だが、それは、彼女達に『働く』という意思がまるでなかったからだ。

ペチコートを幾重にも重ね、ふわりと広げたスカートでは、病院内を歩き回ることなんてできるはずもない。

『男性のような動きやすい服装をすべきです。そうでなければ、せめてもう少し細身のドレスを身に着けてください』

欲を言えば、汚れの目立つ白や淡い色を身に着けてほしかったが、この世界でそれを求めることはできない。

だから、もう少し動きやすい服装に着替えてくるようにと言っただけなのに……。

「フェリア嬢が追い返したボランティアの人達のかわりに、セレナ嬢が働いてくれたから窮地を免れることができたんだぞ」

（……なんでそんな話になっているの）

どこで、話がすれ違ってしまったのだろう。あの時、病院に手助けに行ったのは、フェリアとレセンデス家の使用人達だった。セレナは何もしていない。

「とにかく！　俺はもうお前と関わり合うのはうんざりだ。お前のような悪女を、未来の王妃とするわけにはいかない」

女性として好かれていないであろうことは理解していたが、ヴァレンティンがここまで冷たい目でフェリアを見たことがあっただろうか。

「二度と俺に声をかけるな。お前との婚約は俺の汚点だ」

（……言いたい放題言って！）

この男、こんなに頭が悪かっただろうか。

フェリアの口から、貴族の令嬢が口にするにはふさわしくない言葉が半分出かけた時だった。

「――ならば、俺がもらってもかまわないな？」

「……はい？」

フェリアの背後から聞こえてきた低い声。この声が、誰のものなのかフェリアは知らなかった。

「ちょ、ま、待って……きゃあああああっ！」

いったい、何があったのだというのだろう。フェリア自身がそれを理解できないうちに、肩の上へと抱え上げられる。まるで、米俵か何かのように。

「国王には話を通してある。俺の妻となってもらうぞ、フェリア・レセンデス」

フェリアを肩の上に抱え上げ、堂々とそう宣言したのは、クラウディオ・オルネラス――隣国フロジェスタ王国の国王であった。

第一章　コワモテ王がいきなり私に求婚なんて⁉

フェリアが、前世の記憶を取り戻したのは五歳の誕生日を迎えたその日のことだった。

そして、思い出したとたん高熱を発して三日間寝込んだものだから、五歳の誕生日当日の記憶はない。

翌日になって熱が下がったあともベッドから出ることは許されず、天井をにらみつけながらフェリアは心の中でつぶやいた。

（フェリア……フェリア・レセンデスって……『蒼空のエル・ドラド』の悪役令嬢じゃないの！）

思い出したフェリアの前世は、日本人だった。

夢之浜《ゆめのはま》温泉にあった老舗旅館『ひなた屋』の一人娘、日向莉子《ひなたりこ》。

将来は、温泉旅館を継いで母のような立派な女将《おかみ》になるのが夢だった。そして幼い頃から女将になるための修業に励んできたのである。

英語が話せれば、外国から来たお客様との会話も弾みやすくなると、小学校の頃から英会話の教室に通わせてもらった。

季節の花でお客様を迎えるために、生け花も習った。ひなた屋には茶室もあったので、茶道も学んだ。

廊下にかすかに香らせる香の選び方。季節の着物に、地元の歴史や特産品について等々学ぶべきことは多い。

それは高校生になっても変わらず、女将になるための修業を貪欲に続けていた莉子のささやかな楽しみは、姉のように慕っていた従姉妹から貸してもらうゲームだった。

特にハードなゲーマーというわけではない莉子に、『素質がある』と従姉妹は次から次へとゲームを貸してくれた。

なんの素質かまではよくわからなかったけれど、ゲームの情報を集めている余裕まではなかったので、従姉妹がおすすめしてくれるのはありがたかったのである。

イマイチだったら、最初の方だけプレイして従姉妹に返す。面白ければ自分でも一本買って、最後までプレイする。時には全キャラのルートをクリアすることもあった。

そして、互いに推しキャラについて語り合うというのが、修業の合間の息抜きだった。

そんな中、特に気に入った一本が『蒼空のエル・ドラド』だった。

プレイヤーは、下級貴族の娘としてゲームに参戦する。

五人の魅力的な王子や隣国の王、騎士や宰相の息子などと愛を育むのだが、とにかくスチルが美しかった。

そして、フェリア・レセンデスとは、攻略対象の一人である王太子ヴァレンティンの婚約者。

徹底的にヒロインをいびっただけではない。ヴァレンティンの前に出てこられないようにするため誘拐したあげく国外に売り飛ばそうとするのだ。

悪役令嬢なんて生易しいものではなく、完璧に悪役である。

もちろんその目論見は、ヴァレンティンの手によって阻まれ、侯爵家は衰退、フェリア本人は国外追放となる。

攫《さら》われたヒロインと、麗しい王子のスチル。

眼福と言えば眼福なのだろうが、フェリアとして生まれ変わった莉子にとってはたまったものではない。

「冗談じゃないわよー！」

記憶を取り戻したフェリアが、そう叫んでも当然だ。

ひなた屋を継ぐという夢は半端になってしまった。それだけではなく、望みもしない悪役令嬢に転生させられたあげく、国外追放だのお家衰退だの冗談じゃない。

(……私は、絶対に国外追放になんかならない！)

ベッドを離れることを許されたその当日。フェリアは固く決意した。

それからのフェリアは、ヴァレンティンとの婚約が成立しないよう行動することにした。

ヴァレンティンに近づかなければ破滅を寄せ付けることはないはずだ。

最初から嫌悪の感情を持っていたわけでもないが、自分が国外追放される原因だと思えば、できる限り距離を空けておきたい相手だ。

だが、フェリアの努力もむなしく、フェリアが八歳となったその年、王太子との婚約は調ってしまった。

それならば、せめて悪役令嬢ではなく、完璧な淑女となるべくふるまおうとしてみた。

清く正しく美しくという言葉を常に頭において行動する。

恵まれない人達のためには、保護活動を。喧嘩《けんか》をしている人達がいれば、仲裁を。

国一番の淑女になるべく、自分の気持ちを隠し、王太子の婚約者としてふさわしくあろうと行動してきた。

ヴァレンティンとの婚約は解消できなかったけれど、ほんのりとした友情と尊敬の念があれば、うまくやっていけるのではないかとも思っていた。

——それなのに。

昨年、ヒロイン、セレナが出現したことにより何もかもが変わってしまった。

ふわふわの金髪に青い瞳の愛くるしいセレナは、あっという間にヴァレンティンの心を虜《とりこ》にしてしまった。彼といちゃいちゃしている姿が、あちこちで見られると宮廷中の噂になっている。

そして、セレナの出現と同時に、フェリアの評判はどんどん落ちていく一方だった。

フェリアが行った慈善事業は、他の人の手柄になる。

喧嘩の仲裁をすれば、なぜか、喧嘩の原因がフェリアだったということになってしまう。

ヴァレンティン以外の男性とダンスをしたことさえないのに、パーティーの会場で相手をとっかえひっかえダンスをしていたなんて噂は、どこの誰が流したのか問い詰めてやりたい気分だ。

フェリアが十八歳になった頃には、ヴァレンティンとの間には決定的な溝が生まれていた。

（……婚約者としての地位が奪われる日も遠くないかもしれない）

ヴァレンティンがフェリアと別れてセレナと結婚したいというのであれば、祝福するつもりではいる。

彼との間に愛情はなかったけれど、友情めいた感情はあったと思う。少なくとも、ヴァレンティンとセレナが出会う前は。

（……なんて、考えていてもしかたないわね）

うっかり過去の記憶に沈み込んでいた自分を叱咤《しった》し、深々とため息をついて、フェリアは鏡を見つめた。

見つめ返してくるのは、前世が日本人であるフェリアの基準からすればとてつもなくゴージャスな美女だ。銀髪は艶やかで、毎日侍女達によって丁寧に手入れされている。

今日は、その髪をくるりと巻いて、背中に流していた。ぱっちりとして大きな紫色の瞳。すっと通った鼻筋に陶器のように滑らかな頬。ぽってりとした唇は艶々としていて、紅をささなくても十分だ。

少々顔立ちがきついところはあるが、美女であるのは間違いのないところだ。

そして、スタイルの方も素晴らしかった。背はすらりと高く、身体の線は女性美の極致と言ってもいいだろう。胸は豊かで柔らかそうでありながらも、形がよい。

脇腹から腰にかけての線も素晴らしく、コルセットをしなくても腰はきゅっと細い。

腰の位置は高く、脚の形も完璧だ——この国では、見せる相手といえば夫に限られているが。

(今夜は、王宮の舞踏会だったわね)

今夜、開かれる王宮での舞踏会に出席しなければならない。

現在この国を訪問中の、クラウディオ・オルネラス——隣国フロジェスタ王国の国王である——が、明日帰国するのだ。

(……クラウディオも攻略対象の一人ではあるけど、セレナはあまり興味なさそうよね。殿下と恋人同士になったということで、ゲームが終わりに近づいているのかしら)

国王となんらかの交渉事があったらしく、クラウディオ自らこの国を訪問している。彼のルートはプレイしていなかったので、どんな人物なのかはよく知らない。

「……行きたくないって言っても行かないって選択肢はないものね」

行きたくない、行きたくない……とその言葉が頭の中をぐるぐると回る。

どうせ、出席したところで、噂話のネタを提供するだけだ。

ヴァレンティンとセレナの仲、そしてそこに絡むフェリアについても面白おかしく噂話が流れているのは知っている。

ヴァレンティンはセレナに夢中で、フェリアは間もなく婚約を解消されるだろう。

だが、セレナには、ヴァレンティンの近衛騎士——攻略対象の一人でもある——も興味を示している。

彼は平民上がりの騎士であり、怖いもの知らず。ヴァレンティンとセレナを奪い合う形になっているのだとか。

あとは、宰相の息子に、ヴァレンティンの弟王子――とセレナを囲む男性はずいぶん華やかなのである。

そんな中、クラウディオについての噂話はまったく耳に入ってこなかった。

ということは、本当にクラウディオはセレナに関心を示していないのだろう。

(……なんて、私には関係のないことだけど)

今は父である侯爵が、国を離れている。気が進まなくとも、今日の舞踏会に出席する準備はしなければ。

えいと拳《こぶし》を握って気合いを入れ、ベルを鳴らして侍女達を呼び寄せる。

「ドレスを選ぶのを手伝ってくれるかしら?」

「かしこまりました。あなた達、衣装部屋から今夜の会にふさわしいドレスを運んできなさい。それと、宝石箱もお持ちして」

一番年上の侍女が命じると、他の侍女達がそれぞれの役目に応じて散っていく。

ドレスを運んでくる者、靴を運んでくる者。化粧品に、宝石箱、扇や手袋といった小物など……。

「お嬢様には、やはり赤が一番お似合いになりますわね」

「そうかしら?」

考えてみれば、赤いドレスはフェリアのトレードマークのようになっている。フェリアの銀髪には、赤が強烈に映えるのだ。

侍女達が衣装部屋から運んできたドレスは、いずれも赤を基調としたものだった。

(……そうよね。負けてなんかいられないんだもの)

気が進まないまま出席しなければならないが、負けっぱなしではいられない。

今日は上身頃には、襟もとに幾重にも黒のレースが飾られているものを選んだ。黒いレースの間から白い肌がのぞいているのが艶めかしい。

スカートは花弁のように幾重ものフリルを重ねたもの。何種類もの赤い糸を組み合わせて織られたもので、光の加減で違う色合いに見える。

見事な艶を持つ銀髪は、何本かに分けて捩《ね》じりながら後頭部へともっていき、そこで一つに束ねてドレスと同じ布で作られた赤い花の髪飾りを挿した。

白く細い首には、金とダイヤモンドの首飾り。左手首には揃いの腕輪。

イヤリングは黄金の土台にルビーをはめ込んだもの。そして、両手の中指には、それぞれイヤリングと同じルビーをはめた指輪をつけている。

(いつになっても慣れないわよね、これは)

鏡の中の自分を見ながら、心の中でつぶやく。

身に着けた品、いずれも最上級のものだ。もう少し宝石は少なくてもいいのではないかと思うけれど、王太子の婚約者――近いうちに解消されるにしても――とあってはこのくらいの装いをするのは当然だ。

「気に入りませんか？　髪を結いなおしますか？」

「いえ、そうじゃなくて……ごめんなさい。王宮に行くのって憂鬱だから」

「ああ……王太子殿下にまとわりついている平民の娘がいるという話ですわね」

侍女達の間に広がっている噂は、実際とは少々異なっていたが、噂話なんてそんなものかもしれない。セレナは平民ではなく男爵令嬢だ。

「気は進まないけれど、皆がこうやって支度をしてくれたから、なんとか頑張ってくるわ」

貴族の娘にとって、華やかな装いは戦場に立つためのもの。

フェリアの戦場は王宮の広間にある。

くるりと部屋の中で一周してみる。スカートがふわっと広がり、赤いハイヒールが一瞬見えた。

今日、参加した舞踏会で自分の運命が大きく変わることなどフェリアはまったく予想していなかった。


フェリアが広間に入った時には、すでに多数の貴族達が集まっていた。

彼らがこちらを見てひそひそとしているのにも慣れたと言えば慣れた。

（……そりゃそうよね、王太子殿下が婚約者を放って他の女と一緒にいるんだもの）

本来なら、ヴァレンティンの側にいるのはフェリアのはずだ。

だが、ヴァレンティンはフェリアを放置。フェリアは、壁際でヴァレンティンがセレナと楽しそうに話しているのを遠くから見ていた。

(――殿下って、あんなにもののわからない人だったかしら)

フェリアは考え込む。

セレナと知り合って以来、ヴァレンティンはフェリアを婚約者として扱わないことが増えた。

もともと熱烈に愛し合っていたわけではなく、年齢と身分が釣り合っているからという理由で成立した婚約だ。

他の女性を好きになってしまうというのはしかたがないだろうが、それならそれなりにやり方というものがあると思う。

少なくとも、こうやって公の場で婚約者をないがしろにしているなんて、「自分は馬鹿です」と声高に宣伝しているようなものだ。

ヴァレンティンの周囲を囲んでいるのは、ヴァレンティンの友人と彼らの婚約者や家族など身内の者が多い。

そして、この広間にはもう一つたくさんの人が集まって輪になっている場所があった。

(クラウディオ・オルネラス……。たしかに、攻略対象にふさわしい貫禄というかオーラというか……私には、関係のない話だけど)

クラウディオがこの国に到着した翌日、歓迎の宴が開かれたのだが、フェリアは出席できなかった。領地で問題が発生し、留守にしている両親のかわりに領地に戻っていたからだ。

そのため、彼の姿を直接見るのは初めてだった。

身内に囲まれているヴァレンティンと違い、クラウディオは多数の貴族に囲まれていた。皆、クラウディオの知己を得ようと懸命に自分を売り込んでいるようだ。

そんな様子を壁際から見つめていると、不意にクラウディオの視線がフェリアをとらえる。

（こんなに離れたところにいるのに、気づいたの……？）

フェリアは慌てて視線を落とした。

クラウディオ・オルネラスは、攻略対象の中では、ひときわ異質な男だ。

というのも、他の攻略対象者達はヒロインと同年代なのだが、クラウディオだけは二十歳も上。そして、この国の人間ではなく隣国フロジェスタ王国の人間なのも彼一人。

『蒼空のエル・ドラド』は大航海時代をモチーフとしているのだが、その中でもフロジェスタ王国は特に海との関わりが深い。

海の女神アデルミナに対する信仰が強く、クラウディオが王でありながら、今の今まで独身を貫いていたのは、女神に祝福されるような女性に出会っていないからだとされている。

（ゲームの設定だと、そのクラウディオが唯一認めた女性が、ヒロイン――セレナ、よね）

だからセレナと顔を合わせればクラウディオも恋に落ちる可能性が高いと思っていたのだが、今のところそんな気配はない。

（……ヒロインであるセレナがヴァレンティン殿下を選んだ以上、エンディングが近いんだろ

うけど。そうなったら、他の人達はどうするのかしら）

ゲームの世界ではヒロインにふられた形になった、他の人達の未来については触れられていない。

（悪役令嬢的な行動はしていないし、婚約が解消されても、悪いことにはならない……と思うのだけどどうかしら……）

ゲームのエンディングが近いようだが、セレナの出現以降、フェリアの行動がどんどん悪い方に受け取られていたことを考えるとあまりいい方向には進まないような気もする。

セレナには必要以上に接触していないし、ゲームの設定にあったような犯罪者組織とは関わりがない。

大丈夫だ、と自分に言い聞かせてさらに考えを巡らせる。

（王太子妃の地位って、そんなに魅力的ではないし、セレナ嬢が引き受けてくれるのなら安心よね）

などと考えてしまうのは、フェリアが前世日本人だからかもしれない。

侯爵家の令嬢だって、ものすごく不自由だ。自分のやりたいことなんて、何一つできない。

王太子妃となれば、なおさらだ。

いつも誰かの視線にさらされ、王太子妃となるための勉強に時間を費やす。望んでもいない王太子妃の座のために努力を続けるのははっきり言ってものすごく苦痛だった。

セレナにうつつを抜かしているヴァレンティンに魅力などまったくないし、そもそもヴァレンティンを恋愛的な意味で好きだと思ったことなんて一度もない。

（あとは、円満に婚約を解消するだけ）

王太子妃候補の座から降りた後は、何をしたいかまだ考えていない。だが、今よりはきっと自由になれるだろうと信じている。

再び視線を上げ、クラウディオの様子をうかがってみる。

結婚相手としてはとても恵まれた条件にあるクラウディオには、多数の令嬢が群がっている。

（おっさん枠って言われてたっけ）

一応、そういう攻略対象がいたということは記憶にあるが、彼のルートで何があったのかをまったく覚えていないのは、彼のルートはまだプレイしていなかったからだ。

最初に外見が好みだなと思ってクリアしたのは、ヴァレンティンの護衛騎士だった。

平民出でありながらも、王太子の護衛騎士に抜擢されるという有能さを発揮した彼は、これで本当に騎士としての仕事が務まるのかと問いただしたくなるほど線が細かった。

柔らかそうな銀髪。ヒロイン――プレイヤー――に向けられる優しい微笑み。

前世のフェリアは、彼のルートは三回やり込んだ。現在の婚約者であるヴァレンティンのルートは一回しかプレイしなかったのにだ。

そんな護衛騎士と比較して、クラウディオはと言えば、とにかくでかい。縦にも横にもでかい。

それは、クラウディオの身体がすさまじく鍛え上げられているからである。海の上では海賊と対等に渡り合い、一人の剣士としても素晴らしい腕の持ち主。

よく見れば顔立ちは整っているのだが、鋭い目つきのせいもあって、整っているというよりも威圧感が先にくる。

潮風と強い日差しにさらされて赤みを帯びた髪は、この国の貴族達の間ではあまり見られないものだ。

華やかに金糸で刺繍の施された紺の盛装に身を包んだ彼は堂々として見え、その野性味溢れる風貌は、この国の貴族の女性達にとってはエキゾチックに映るようだ。

彼の心を射止めれば王妃になれるということもあり、とにかく彼に声をかける女性は多かった。

(それにしても、本当に婚約解消になるのかしら)

王の決めた婚約を解消しようというのだから、国王夫妻からなんらかの話があってもよさそうなものだ。

だが、今日にいたるまで、国王からは何一つ話などなかった。

(まさか、私を王太子妃にしておいて、セレナ嬢を愛妾に……って話じゃないわよね。それってすごく不愉快なんだけど)

不意に、その考えに思い至って、フェリアは眉間に皺を寄せた。

セレナは王太子妃として十分な教育を受けていない。外見だけならばフェリアとは別方向での美しさであるが、王太子妃にふさわしい品位があるかと言えばまた別の話だ。

ヴァレンティンの思惑がどうであるかは別として、国王夫妻がそう考えてもおかしくはない。

(やだやだ、そんなの……)

はぁっとため息をついて、フェリアは、周囲を見回した。

(少し、考えをまとめた方がいいかも)

ここでたくさんの人の視線を意識しながらでは、考えをまとめることもできそうにない。フェリアは中庭へと逃げ出すことにした。

楽師達の奏でる音楽はここまで聞こえてくるけれど、今、中庭に出ているのは人目を忍んで逢い引きしている恋人達同士くらい。

(ここに来たのも思いきり失敗だった!)

中庭に出たとたん、フェリアは思いきり後悔した。

よりによって中庭に逃げ出してくるなんて、どうかしている。あちこちから聞こえてくる密やかな声に衣擦れの音。

人々の好奇の目にさらされるのと、恋人達のたてる悩ましい音を聞かされるのと、どっちがマシなんだろう。

(っていうか、もう帰ってもいいんじゃないの?)

レセンデス侯爵家の代表として、隣国の王を送る会には出席した。挨拶も終わり、皆、思い思いにダンスを楽しんだり談笑したり。もう帰ってしまっても誰も文句は言わないはずだ。

(帰ろう、さっさと帰ろう。そうしよう)

心の中からささやきかけてくる悪魔の誘惑に乗るのはとても簡単なことだった。

恋人達は好きなだけこの場でいちゃいちゃすればいい。

くるりと踵《きびす》を返して、広間へと戻ろうとした時、フェリアの腕を何者かが摑んだ。

悲鳴を上げようとしたとたん、大きな手で口も背後から塞がれる。口に押し当てられたのはシルクの手袋の感触だった。

声にならない悲鳴を上げながら、フェリアは身体をじたばたとさせる。だが、男の力にはかなうはずもなく、そのまま人気のない方向へと引きずられてしまう。

激しく頭を振った拍子に、口を押さえていた手が一瞬離れる。その隙を逃さず、フェリアは思いきりその手に嚙みついた。

「い、いてぇぇ！」

悲鳴を男は上げるが、意地でも嚙みついたまま。身体をとらえていた手が緩み、ようやく口を開けて男から離れた。

「よくもやったな！」

「助けて！　王宮に、侵入者――！　誰か、誰か！」

フェリアは声を張り上げた。

自慢ではないが、貴族の娘としておさえるべき教養はきちんとおさえてきた。声楽もその一つ。

フェリアが歌えば、王宮の広間の隅々まで声が届くという丈夫な声帯の持ち主だ。

そんな彼女が、全力で声を張り上げたのだから、遠くまで響かないはずがない。

ここまで大声が出るとは思っていなかったのだろう。男がぎょっとしたように後退する。

「どうした！」

「何があった！」

ばたばたとたくさんの人が出てくる。先頭に立っていたのはヴァレンティンだった。そして、そのすぐ後ろにはセレナがいる。

「俺という婚約者がありながら、こんなところで逢い引きか」

「はああ？」

思わず間の抜けた声が出た。この状況を、どう見たら逢い引きに見えるのだろう。

だが、セレナを腕に絡みつかせたヴァレンティンは、次から次へとありもしないことを並べ立てる。

呆然とフェリアは、ヴァレンティンの言葉を聞いていた。

今まで、自分の行動が思っていたのとは違う方向に受け取られたことは何度もあったが、まさかここまでとは思ってもいなかった。

「フェリア・レセンデス。お前との婚約は破棄する」

フェリアの目の前で、ヴァレンティンが宣言する。その言葉を、遠くの出来事のように聞いていた。

これが夢ならいいのに。

婚約破棄されるにしても、こんなのあんまりだ。

「——ならば、俺がもらってもかまわないな？」

今、なんと言われたのか。

聞き覚えのないその声に呆然としながら振り返るも、その疑問を解消することはできなかった。

「……はい？　ちょ、ま、待って……きゃあああああっ！」

いったい、何があったのだというのだろう。

フェリア自身がそれを理解できないうちに、肩の上へと抱え上げられる。まるで、米俵か何かのように。

「国王には話を通してある。俺の妻となってもらうぞ、フェリア・レセンデス」

フェリアを肩の上に抱え上げ、堂々とそう宣言したクラウディオは、フェリアを肩の上に乗せたまま歩き始めた。

彼の肩に腰のあたりをひっかけるようにして担がれている。

（……これって、お米様抱っこって言うんだったかしら？）

そう心の中でつぶやき、この国に米俵は存在しないだろうと、フェリアは自分で自分に突っ込んだ。

彼の背中に手を突っぱね、上半身をえいやと持ち上げフェリアはたずねた。

「あの……どこに行くのでしょう？」

「俺の部屋だ」

「それはどうかと……」

あの場から連れ出してくれたのは感謝するが、俺の部屋って――まずいだろう。

相手は男性で、こちらは女性。

一応、嫁入り前だというのに。

（……というか、この先お嫁に行くことなんてある？　ないわね、きっと）

「かまわないだろう、やましいことなど何もない」

かまう。思いきりかまうのだが、クラウディオの前でそんなことを口にするわけにもいかない。黙ってしまったフェリアにはかまわず、クラウディオは続けた。

「今回のこと、国王夫妻は残念がっていた。お前とヴァレンティンの結婚をとても楽しみにしていたからな」

「それは、私がいたらなかったからで……」

廊下を歩いている間も、クラウディオはフェリアを担ぎ上げたまま。

あんな形で、自分が捨てられたのだという事実を目の前に突きつけられれば、過去のことなんて思い出したくなくなってくる。

「だが、国王夫妻の見ているお前と、俺が世間から聞いた話はまるで違う。聖女と悪女――」

「さあ、どうでしょう。それは、私にはわかりません」

フェリアとして、この世界に生きることを決めてから、完璧な淑女を目指して頑張ってきた。

自分の立場をきちんとわきまえた言動をして、弱い人にはできる限り手を差し伸べて。

けれど、なぜかフェリアの行動は、なかったことにされてしまうのがいつものことだった。

誰かが裏で糸を引いているのだろう――フェリアを、目障りと思っていた人とか。追い落としたいと思っていたであろう人とか。

心当たりなんて山ほどある。フェリアが黙ってしまったのをいいことに、クラウディオはどんどん歩みを進める。

下ろしてほしいと口にすることもできないまま、クラウディオの部屋に担ぎ込まれてしまった。

濃い緑のカーテンがかけられた窓。ランプの明かりがちらちらと揺れている。

床に敷かれている茶のカーペットは、国王の招いた客人にふさわしく贅沢なものであった。

その場に置かれている家具は、いずれも高価な品ではある。広いデスクの上には作りかけの船の模型。

ちらりと書棚に並んでいる本を見れば、そこに置かれているのは冒険譚を書き記した書物だ。

本棚の空いているスペースには、完成した船の模型が飾られているし、読みかけと思われる本がソファの上に放置されたまま。

(……なんだか、ものすごくなじんでる……)

クラウディオはここに住んでいるわけではないのに、まるでこの部屋は彼の私室だとでも言うようにしっくりとなじんでいる。

「そこに座れ」

視線で示されたのは、一人用のソファ。こわごわとそこに腰を下ろすと、クラウディオは角を挟んだ隣のソファに座ってきた。

そして、じぃっとフェリアを見つめてくる。彼はこの部屋になじんでいるが、フェリアはものすごく居心地が悪い。

(どうして、私をここに連れてきたのかしら)

疑問に思うが、それをこちらから口にすることはできなかった。クラウディオはぐいっと上半身をこちらに近づけてくる。

「——ひぁぁっ！」

かすれた声と共に、フェリアは両手でぎゅっと身体を包み込むようにした。

じっとこちらを見ている彼の目はとてつもなく鋭くて、自分を抱きしめている腕が震えているのを自覚する。どうして、彼はフェリアをここに連れてきたのだろう。

うかつに口を開いたら、とんでもないことを口走ってしまいそう。意識して強く唇を引き結ぶけれど、その唇もまた震えている。

「——そこまで露骨に怯えることはないだろうが」

頭に手をやり、クラウディオはぐしゃぐしゃと頭をかき回す。

「し、失礼しました……あまりにも近くて驚いたので」

胸に手を当てれば、鼓動が激しくなっている。自分のふるまいが急に恥ずかしくなって、頬が染まった。

「あいつらに、好き勝手言われてるのを見ていたら腹が立ったんだ」

「……え？」

それは、思いがけない一言だった。クラウディオの口から、そんな言葉が出るなんて。ただ、目を瞬《まばた》かせていたら、クラウディオは間近からじっとフェリアの目を見つめてきた。

とたん、フェリアはぎゅっと目を閉じてしまう。食べられそうな気がして、怖かった。

クラウディオの目は、獲物をとらえたと言わんばかりで、フェリアなんて簡単に呑み込んでしまいそうだ。

「回りくどい話はいいだろう。俺の求婚を受けてくれ」

「……それは、私の一存では……」

求婚って、こんなに簡単にしていいものなのか。だいたい、フェリアの父と国王にも話を通す必要がある。

もごもごとそう説明すると、クラウディオの顔が明るくなった。

「許可を取ればよいのだな？　この国の王の許可はもらってあるぞ。あとはお前の父親だな」

「——え？」

なんだか、返答の仕方を間違ったようだ。

「いえ、そうではなく！　私は、王太子殿下の婚約者ですし！　彼だってあの場の勢いだけかもしれないですし……」

「お前の価値をわかっていない男に気兼ねすることなんかないだろ。だいたい、あちらから婚約破棄と口にしたのではなかったか？」

「……それは」

それを言われてしまうと弱い。先ほどからずっと自分を抱きしめたままだった腕に、より強く力がこもる。

「お前は、この国に未練があるのか？」

正面から問いかけられ、フェリアはどうしたらいいのかわからなくなった。

未練、なんてあるのだろうか。

「……私は」

考えてみてもわからない。このままこの国にいたところで、つらい思いをするだけだろうというのもわかっている。けれど、今すぐクラウディオの提案に乗れるのかというとまた話は別だ。

「――しばらく、フロジェスタ王国を訪問するというのはどうだ？　俺が気に入らなければ、いつでもこの国に戻ってくればいい。レセンデス侯爵は、今、留守にしているのだろう？　そちらに、使いを出して結婚の許可をもらう」

クラウディオの提案にも、素直にうなずくことはできなかった。本当にこれでいいのだろうかと、心の中からささやきかけてくる声。

「いいだろう、フェリア」

彼の手が、しっかりとフェリアの手を掴む。

その手を引き抜こうとしたけれど、引き抜くことは許されなかった。

「でも、あの、その……」

これ以上の抵抗はできないらしい。

あっという間に翌日、クラウディオが出立するのと同時にフェリアも発つことが決められていた。

◇◇◇

翌朝、クラウディオは立派な馬車でレセンデス侯爵家の前に乗り付けた。

大急ぎで使用人達に詰めてもらった荷物は、侯爵家令嬢として最低限の品位を保つのに必要なものだけ。

足りないものは随時買い足していくことになる。

「宝石はお持ちにならないのですか?」

「無理よ、国境を越えるのに持っていけるはずないでしょう。お父様からいただいたダイヤモンドの一揃いと、ルビーの一揃いだけ——あとは、そうね、真珠もあった方がいいかしら。残していく宝石は、厳重に管理しておいて」

侯爵家の娘だということもあり、フェリアは多数の宝石を所持しているが、父の不在という時にそれらを持ち出すことにはためらいがあった。

だから、宝石類は必要最低限。ドレスも必要最低限にしたつもりだ。そもそも、そんな長期間滞在するつもりもないのだ。

だが、クラウディオはフェリアの荷物の多さに驚いたようだった。

「ずいぶん、荷物が多いのだな」

「……申し訳ありません」

侯爵家の娘ともなれば、隣国でパーティーに出ないわけにはいかないだろう。それに、日常生活、気楽に過ごすための服も必要だ。あとは、寝間着等、本当に厳選したつもりなのに、クラウディオの目にはずいぶん多いように映ったらしい。

「もし、荷物が多すぎるようでしたら、私、後日改めて――」

何も、今クラウディオと一緒に行く必要はないのだ。そう言おうとしたら、フェリアの言葉はまたもや途中で遮られた。

「大丈夫ですよ、大将。俺に任せてください――全部ちゃんと積み込みますとも」

「そうか？　なら、イザークに任せる」

御者台から飛び降りたのは、三十代に入ったところと思われる男性だった。

クラウディオと同じように、潮風と日光で髪が焼けている。彼の部下という立ち位置なのだろうか。

（……大将？　この人、なんでクラウディオ……いえ、クラウディオ様のことを大将と呼ぶの

かしら)

イザークという男性には記憶がない。

ひょっとしたら、クラウディオルートで重要な役目を果たした人物かもしれないが、あいにくとクラウディオルートはプレイしていないのでわからない。

(今は、そんなことを考えている場合じゃなかったわね)

自分で自分を戒めた。

たしかにここは、ゲームの世界かもしれないけれど、事態はフェリアの手を完全に離れたところで動いている。

相手にしているのはゲームのキャラではなくて、生きて動いている人間なのだから、彼らは彼らの想いのままに動くはず。ゲームの知識なんて役に立たない。

「……ごめんなさい。イザーク――だったかしら? 本当に、これでも荷物はずいぶん厳選したのよ」

「わかってますよ、お嬢様。うちの大将、野暮天なんで美しい女性にはたくさんの衣類が必要だってこと認識してないだけです。責任もって運ぶので安心してください」

にかっと笑うイザークの表情は気のよさそうなものではあるが、洗練されているとはいい難い。

(王宮できちんと教育を受けた人ではなさそう……?)

一応、最低限の礼儀を守ってくるつもりはありそうだが、彼の言動は王宮に出入りする人のものとしては軽すぎる気がしなくもない。

だが、彼の様子にフェリアはすぐに好感を覚えた。悪い人ではなさそうだ。

「どうぞ、名前で呼んでください。私は、フェリアよ」

「かしこまりました、フェリア様」

おどけた様子で、イザークは敬礼してみせた。

「わかった。では、お前に任せる。行くぞ」

身をひるがえしたクラウディオは、フェリアの手を取り、さっさと馬車の方に向かって歩き始める。

(そんなに、悪いことにはならないわよね……?)

クラウディオに手を引かれながら、肩越しに自分が生まれ育った屋敷をもう一度見てみる。

(私、ここに帰ってくることができるのかしら)

長期間、クラウディオの国に滞在するつもりはないのに――この屋敷に帰ってくることはできないのではないか。不意にそんな気がして、歩きながら身を震わせた。

「何か気に入らないことでもあるのか?」

「い、いえ、そ、そんなことは」

お願いだから、こちらに目を向けないでほしい――なんて、言えるはず、ないではないか。

彼の目に射貫《いぬ》かれると、自分が自分でなくなってしまうような気がして怖い。

それに、破滅が近づくのではないかと――そんな予感を消すことができないのだ。

セレナは、ヴァレンティンと結ばれたけれど、だからと言ってこの先変化が起こらないとは限らない。

ゲームの世界とこの世界は違うと考えたばかりなのに、またそんな思いにとらわれる。

女神アデルミナの前で堂々と愛を誓うことのできる女性。そんな女性に出会うまで独身を貫いてきたというクラウディオ。

だが、彼のその気持ちが大きければ大きいほど、自分にそれが向けられているのは違うのではないかという気もしてくる。

「たぶん、俺では不満なのだろう。ヴァレンティンとはまったく違うからな」

ザ・貴公子といった雰囲気のヴァレンティンと、クラウディオは正反対と言っていいタイプだ。

「不満なんて……」

そう答える声が震えているから、きっと彼には不満を覚えているように感じられてしまったのだろう。

それはわかっていても、彼の手に自分の手を重ねるのに少し、ためらいがある。

極力彼の手に体重を預けないようにして馬車に乗り込もうとしたら、バランスを崩してひっくり返りそうになった。

「――きゃあっ！」

このまま地面にぶつかるのかと懸念していたけれど、そんなこともない。

しっかりとした身体がフェリアを受け止めてくれている。

「あ、あの——申し訳ございません。私……」

なるべく迷惑をかけないようにと思っていたのに、このざまだ。じわりと涙が滲みかけるのを、瞬きをして追い払おうとした。

フェリアを受け止めてくれたクラウディオの方は、フェリアの腰から手を離そうとしない。

ダンス以外でそんなところに触れられたことなどあるはずもなく、喉の奥から声が上がりかける。

（こ、これって……）

この状況で、どうしたらいいのだろう。手を離してほしいというのも違う気がする。

困惑していたら、彼は腰に手をかけたままひょいとフェリアを持ち上げ、馬車に乗せてくれた。

「少し、痩せすぎだな。もう少し食べた方がいい」

「……そ、それは……」

折れそうに細い腰は、この国においては美の証しであるのだが——クラウディオの好みではないということか。

凹凸豊かなフェリアの身体に対して、細いなどという言葉を向けてきたのは、彼が初めてだ。

どう返したらいいものかわからなくて、唇を噛み、うつむいてしまった。

（無理よ、こんなの……）

そもそも、なぜ彼がフェリアに求婚してきたのかさえもよくわからないような状況だ。それなのに、こんなことを言われてしまったら、自分が彼に不釣り合いだと言われているような気がしてならない。

「——馬車を出しますよ！　国境を越えるまで数日かかりますからね！」

馬車の外から、イザークの陽気な声が聞こえてくる。

その声を合図にしたみたいに馬車は動き始めたけれど、馬車の内部はしんと静まり返っていて、居心地が悪く感じられるほどだった。

◇◇◇

クラウディオ・オルネラスは海の男だ——そうありたいと思っていた。

だが、国を継ぐことになった以上、王としての役目はまっとうせねばならないとも思っている。義務から逃げ出すつもりはない。

(早く結婚しろと家臣達は急《せ》かしてくるが、気が進まないな)

隣国フォルスロンド王国を訪問したのは、父の代から仕えてくれている家臣達の「早く王妃を迎えてもらわなければ困る」という圧力が、どうにも耐え難くなったからだった。

もちろん、王家の血を残すことの重要性は理解しているが、従兄弟もいる。

今のところ、クラウディオの代で王家の血が途絶えるということはないし、次の王も指名済みだから、さほど心配はしていない。

「フォルスロンド王国には、美人が多いって話ですよ。国外の貴族でもいいんじゃないですか?」

などと、側近のイザークはのんきなものだ。

今回、フォルスロンド王国を訪れたのは、通商の件だけではない。

貴族以外の子供が通う学校や、病院といった施設の視察も兼ねていた。フロジェスタ王国の人間はおおらかな半面、何かとおおざっぱであるのも否定はできない。

さまざまな施設を視察して回ることにより、フォルスロンド王国のよいところを取り入れたいと思っていたのだ。

もともと一人で動き回るのが得意ということ、病人や怪我人に気を使わせたくなかったことから、病院の視察はイザークだけを連れていくことにした。

「……ですから、動きやすい服装でないと。そんな動きにくい服装では、作業ができません。逆に迷惑になってしまいます」

「まあ、フェリア様。私達では役に立たないと言いたいのですか?」

とある病院を訪れたのは、その日、貴族の令嬢達が手伝いに来ていると聞いたからだった。イザークも何かとせっついてくるし、病院の手伝いをするような心の優しい令嬢であれば、心惹かれるかもしれないと思ったのだ。

だが、クラウディオの目論見は外れた。病院を訪れた娘達は、皆、王宮で見かけるのとさほど大差のない服装だった。

例外はただ一人。美しい銀髪を首の後ろでまとめ、ベージュの上着に同じ色のズボンを身に着けた娘だけ。

他の娘達に懸命に説明している彼女に目がとまる。

「いえ、もう結構ですわ。私達は、引き上げます。お邪魔なようですもの」

「そういうことを言いたかったわけでは——」

娘達が引き上げてしまったのち、一人取り残された彼女は深々とため息をついた。

「申し訳ないのだけれど、手を貸してもらえるかしら？」

「もちろんですとも、お嬢様」

彼女が呼びかけたのは、使用人と思われる者達だった。

「では、新しい寝具を倉庫に運んで。手の空いている人は、空き室の掃除をお願い。私は、医師に医薬品を渡した後、病室の様子を見て回るわ」

てきぱきと指示を出した彼女は、勢いよく身をひるがえす。自分の様子を見守っているクラウディオになどまったく気づきもせず。

次に見かけた時には、彼女は廊下にモップをかけていた。

その次に見かけた時には、病室に座り、病人の手を握って何か話しかけていた。

結局、病院内を見て回っている間に何度か彼女を見かけたけれど、いつ見ても嫌な顔をせずに、てきぱきと動き回っていた。

「あれは……どこの誰だ？」

思わず声に出す。

「フェリア・レセンデス嬢。レセンデス侯爵家の娘ですね。あ、でもだめですよ、王太子の婚約者なんで。ご存じだと思いますが」

口から零れた言葉を、側近のイザークは聞き逃すことなく拾い上げていた。

（そうか、ヴァレンティンの婚約者か……）

イザークがすかさず答えてくれたのには感謝するが、聞かされた答えは求めていたものとは違った。

あの男にはもったいない――ヴァレンティンの顔が脳裏に浮かんだクラウディオは思わず心の中でつぶやいた。

先日、王宮で顔を合わせたヴァレンティンは、王宮に上がるには何か足りないのではないかと思われる娘を侍らせていた。

服装が安っぽいとか、宝石が安物だとか、何かが足りないと思ったのはそこではない。

クラウディオ自身、そんなものは持ち合わせていないが「品位」のようなものが足りないのだ。

だが、今見たフェリアは違う。動きやすそうな飾り気のない服装をしていても、明らかに違う。

（……婚約していなければ、我が国に連れ去りたいところだ）

ああいう女性は、きっと婚約者には真摯に向き合うのだろう。ヴァレンティン本人と顔を合わせたあとでは、彼女は彼にはもったいないとしか思えないが。

「でも、もうすぐ破談になるんじゃないかという噂もあるんですよねぇ」

と、イザークがぽろりと漏らす。なんでもヴァレンティンは、先日顔を合わせた令嬢を、王太子妃に迎えるつもりでいるのだとか。

馬鹿か？　と問いただしたい気にはなったが、それならそれでやりようがある。自分が、悪い笑みを浮かべているのも理解していたが、そんなこと今は関係ないのであった。

滞在中の王宮に戻った後、話を持ち出すと王は顔をしかめた。

「フェリア・レセンデス嬢を妃として迎えたい。王太子との婚約は、破談になる方向で話が進んでいると聞いている」

「フェリア嬢には、ヴァレンティンと結婚してほしかったのだが――」

「本人にその気はなさそうだぞ？　彼女は、あの王太子には釣り合っていない」

そう返せば、王はしぶしぶうなずく。

「わかっている。最近の息子の言動は、いくらなんでも問題だとは思っている」

あそこまできたら、もうフェリアとヴァレンティンの婚姻は難しい。

「だが、フェリア嬢の了承を得てからだ。彼女が『はい』と言わなければ、話は進められない。それに、まだ破談にはなっていないのだからな」

これは、王の最後の悪あがきだった。

破談にしないよう、ヴァレンティンを説得するつもりだったのだろう。

だが、人が多数集まっている中、ヴァレンティンはフェリアに婚約破棄を言い渡した。

割って入ったクラウディオは、自分が思った通りに話が進んだことにニヤリとする。

これで、フェリアとあの男を引き離すことに成功した。

自分の国に連れ去るのはやりすぎかもしれないが、きっと彼女もなじんでくれる。彼女には明るい空と太陽がよく似合う。

（もし、受け入れてもらえなかったら、その時はその時だ。潔く手を離してやればいい）

手を離すつもりなんてまったくないのに、自分にそう言い聞かせる。

フェリアを逃す気なんて、まったくなかった。

フロジェスタ王国の都までは、馬車で二週間ほどかかる。

クラウディオ達だけならば最低限の荷物ですむため、十日かかるかかからないか程度に短縮できるらしい。

海路を使ってもよかったのだが、クラウディオ個人の持ち物である船は、今は南の大陸との交易に出ていて使えないそうだ。

クラウディオ自身、自分の身は守れるし、馬車を使うよりも馬の方が護衛の数も少なくていいという判断から、今回は馬で来たのだという。

フェリアがいるために、帰り道では馬車を使うことになったけれど……。

(その可能性は低いと思うけれど、フロジェスタ王国に嫁ぐことになるかもしれないんだものね)

そう考え、フェリアは、侍女は連れていかないことに決めた。

結婚したら、身の回りの世話はフロジェスタ王国の侍女に頼むだろうから、最初からお任せした方がいいだろうという判断だ。

前世の記憶があるため、身の回りのことくらい自分でもできる。無理に侍女を連れていく必要もないのだ。

そんなわけで、フェリアは一人馬車に揺られていた。

今、フェリアが身に着けているのは旅行用の簡素なワンピース。一人で着られるもので、髪も自分で結える簡単な形に結ってあるだけだ。

クラウディオは、馬車の外を馬に乗って進んでいるから、馬車にいるのはフェリア一人。ときおり彼の方へちらちらと視線をやりながら、現在の状況を分析しようとしてみる。

(なんで、こんなことになっているのかしら)

どうして、クラウディオがフェリアを連れていこうとしているのか、考えてみてもわからない。セレナがヴァレンティンを選んだことで、もう、ゲームは終わっているということでいいのだろうか。

(でも、そうよね……ゲームが終わった後も、他の人達の人生は続いていくんだものね……だからって、クラウディオ様が私を選ぶ理由はわからないけれど)

ゲームのエンディングでは、二人の幸せな様子は見せられても、それ以外の攻略対象者達がどうなったのかまでは語られない。

となれば、クラウディオはクラウディオで新しい恋を見つけようとしているのかもしれない。

(どうして、この人は悪役令嬢である私にこんなによくしてくれるのかしら)

クラウディオは、どちらかと言えば、ヒロインであるセレナに近い人だと思っていた。

二人の間に何もないまま、クラウディオが帰国の途についたことに、ちょっぴり驚いているくらいだ。

だが、実際問題として彼とセレナの間に接点はなかった。荷物を詰める間に、大急ぎで侍女達に情報収集もしてもらったからその点については確信を持ってもいい。

（いつか、豹変するとか……？）

ヴァレンティンも、セレナと出会うまではあんな人ではなかった――と思う。

少なくとも最低限の礼儀を守ったお付き合い程度はできていたはずだ。

また、馬車の中から、こっそりとクラウディオの様子をうかがってみる。彼はまっすぐ前を見ていたけれど、フェリアの視線にすぐに気づいたようだった。

「どうした」

「いえっ、なんでも……」

まさか見つかるとは思っていなかったから、後ろめたい。慌てて視線をそらせると、彼は心配そうに窓ごしにこちらを見つめてくる。

「馬車に酔ったか。具合が悪いなら、停めるぞ」

「いえ……そういうわけでは」

どうしよう、こっそり見ていたつもりがばればれだったようだ。ぶんと首を横に振ったら、クラウディオは眉間に皺を寄せた。

「俺が視界に入るのは不愉快か？」

「い、いいいいいえいえいえ、そんなことはないんですっ！」

まさか、不愉快なんて言葉が彼の口から出てくるとは思っていなかった。

(そうよね、たしかに失礼よね)

自分の行動の愚かさに、とりあえず穴を掘って埋まりたいような気分に陥った。

「違うんです、その……緊張、していて」

そう答える声がかすれていて、フェリアはまたうろたえた。

(違う、こんなことを言いたかったわけじゃないのに！)

慌てると、また、言葉が上手に出てこなくなる。

「──緊張か。それはしかたないことだな。慣れてくれ」

そんなフェリアの様子に、顎に手を当てたクラウディオはため息をついた。

「……努力します……」

努力で、どうにかできるんだろうか。だが、あいにくフェリアはその答えを持ち合わせてはいなかった。


道中は全員同じ宿に宿泊する。クラウディオに一室、フェリアに一室。あとの者達は適当に部屋割りを決めて何人かで一組になって宿泊するようだ。

出発したその日の夜。

フェリアは、クラウディオが借り上げてくれた部屋にいた。

（……悪い人ではないんだろうけど）

それは、ちゃんとわかっている。フェリアの気持ちがついてこない方がいけないのだろうということもわかっている。

荷物を詰めたトランクは、イザークが責任を持って部屋まで運び込んでくれた。そのトランクの蓋を開き、何を着るべきか考え込んだ。

（晩餐会用のドレスを着る必要はないって言ってたけど……こういう場合、何を着るものなの？）

前世はともかく、こちらの世界に生まれてからは、侍女も連れずに旅をするというのも未経験だ。

きちんとしたドレスは誰かの手を借りなければ着られないし、アクセサリーもつける予定はない。見苦しくなければいいと決める。

（やーね、赤ばっかり）

トランクの蓋を開けて、自分で笑ってしまった。

フェリアの持っているドレスは、圧倒的に赤が多い。侍女達も、フェリアには赤が一番似合うとしばしば口にしていた。

それに、心のどこかで『悪役令嬢』には、毒々しいまでの赤が似合うとフェリア自身思っていたのかもしれない。

だが、トランクを開けてみても、赤いドレスしか入っていないとは思わなかった。

（でも、そうよね。屋敷に置いてあるドレスも、濃い色のものばかりだもの）

赤が多いが、その他に屋敷に置いてあるドレスも、黄色、オレンジ、青などはっきりとしたものばかり。柔らかな色合いのドレスなど一着もなかった。

（でも、ここで着るにはちょっと派手すぎよね）

顔立ちも派手だから、何を着ても派手になってしまうのはしかたのないところだ。

客観的な目で見れば、『フェリア』の容姿は整っているし、ここで文句を言っても始まらない。

けれど、もう少しだけ淡い色が似合う顔立ちだったらよかったのに、と鏡を見て思った。

姿見の左右を手で摑むようにして、じっと自分の顔を覗き込む。

改めて自分の姿を確認すれば、少々吊り上がった、大きな目。睫《まつげ》毛はびっしりと長く、いかにも化粧映えしそうだ。

白く、滑らかな肌。呼吸に合わせて上下する胸は女性美の極致で、補正下着でかき集めて寄せて上げる必要なんてない。

少なくとも、『今』のクラウディオには、フェリアに対する敵愾心《てきがいしん》なんてまるで見受けられないのに――それなのに、自分でも説明のしようがない不安が押し寄せてくる。

鏡をもう一度見つめてみる。

（私は、何を期待しているのかしら）

クラウディオの国に行ったら、違う人間になれるのだろうか。

一人で着ることができ、できるだけ地味なドレスを選ぶと、フェリアは身支度を始めた。

フェリアがクラウディオの部屋に入った時には、すでに食事の用意は調っていた。

「ごめんなさい。遅くなってしまいました……」

フェリアはスカートを摘まみ、頭を垂れる。部屋にいたのはクラウディオだけではなく、何かと気を配ってくれたイザークも一緒だった。

「いいんですよ、フェリア様。女性の身支度には時間がかかるものだって、俺がじっくりと教えておいたので」

イザークは笑うが、クラウディオは機嫌が悪そうだ。びくびくしながら、彼と向かい合う位置に座る。

この部屋に、イザークもいるとは予想していなかった。彼は給仕のような役割を果たすつもりらしく、テーブルには三人座れるように用意されているのに、テーブルの側に立っている。

前菜はすでにテーブルに用意されていた。

傍らに置かれたワゴンでは、スープやメインディッシュの肉料理が携帯用燃料で保温されている。

「イザークも座ってかまわないか。給仕が必要だと言い張るんだ――いつもは、そんなことないのにな」

きちんとした晩餐会ならば給仕は必要だろうけれど、ここは宿屋の一室。イザークにわざわなくてもかまわない。

「座ってください。給仕係はそれが仕事だけれど、あなたは違うでしょう？　座ってくれたら、私も……嬉しい、です」

（あ、そうか。私が貴族の令嬢だと思っているから気を使ってくれているのね）

普通の貴族の令嬢なら、給仕なしで食事をするなんてありえない。貴族の娘が同席するのなら、宿の従業員に給仕させるより、イザークに給仕させる方がいいという判断なのだろう。

けれど、フェリアには日本人としての記憶も残っている。その記憶からすれば、別に給仕がなくてもかまわない。

最初からイザークはフェリアに好意的にふるまってくれていた。

彼が同じテーブルについてくれるのなら、クラウディオと差し向かいの食事より、いくぶん気が楽になるかもしれないというのも計算していなかったわけではないけれど。

赤ワインで乾杯して、三人での食事が始まる。

ワインはあまり好きではないので、軽く口をつけるにとどめておく。前菜が空になったところで、フェリアは立ち上がった。

「スープは私がよそいますね」

「フェリア様にそんなことをさせるわけには！」

「大丈夫、任せてくださいな」

前菜の皿をワゴンに片付け、スープの皿をかわりに出す。一連の動作は慣れたもので、ぎこちないところなんてまったくなかった。

（まるで、前世に戻ったみたい）

前世の日本では、ほぼ毎日家業を手伝っていた。

お客様のために味噌汁を用意したり、料理を取り分けたり。夢之浜では魚を姿煮にしたものが名物だったから、宿泊客の部屋で、めいめいの皿にそれを取り分けることもした。

今世でも、病院の配膳を手伝うこともあったので、こうやって料理を取り分けるのくらいは簡単なことなのだ。

「どうぞ。メインのお肉を切り分けるのは、お任せしていいですか？」

「わかった。任せてもらおう」

てきぱきと動き回るフェリアの姿に、クラウディオは何も言わなかった。

ただ、メインの肉の取り分けを依頼したフェリアに鷹揚にうなずいただけ。

席に戻ったフェリアは、パンの皿に手を伸ばす。焼きたてのパンは、まだほんのりと温かかった。

「フェリア様はずいぶん手際がいいんですね。こういうことには慣れていないもんだと思い込んでました」

危なげのないフェリアの様子に、イザークはつくづく感心したようだ。

「病院の配膳をお手伝いしたこともあります。その時には、こーんな大きな鍋から皆に取り分けたんですよ」

五十人分のスープを一度に調理することのできる大きな鍋から取り分けるのもしばしば手伝っていた。どのくらい大きな鍋なのかを手で示したら、イザークが驚いたように目を丸くした。

「それでですか。零したらどうしようって、俺、少しひやひやしていましたよ」

「まあ！　それはいくらなんでもひどいのではなくて？」

ほんの少し、口をつけただけのワインが少し回って来たのだろうか。イザークの軽口に心もほぐれて、肩を揺らして笑ってしまう。

「フェリアは、なんでもできるんだぞ、イザーク。お前が知らないだけだ」

「し、失礼しました……！」

ぶっきらぼうな口調で、クラウディオが間に割って入る。そんな彼の様子を見ていたら、朝からずっと続いていた緊張が、少しほどけたような気がした。

「クラウディオ様は、私のことをよくご存じなんですね——なんでもできるわけではないですけれど」

「調べたからな」

当たり前のことをしているみたいに言い放たれて、背中がひゅっと一度に冷えた。

調べた——いや、一国の王が求婚するのだからそのくらいは当たり前のことなのだろうが、いつの間に。

「そ、そうですか……いえ、調べられて困ることは何もありませんけれど」

言葉の後半では、むくれてしまったのは否定できない。自分のことをいろいろ調べられて、あまりいい気分はしなかった。

「気分を害したのなら悪かった。だが——どうしても気になったんだ」

「い、いえっ……その、当然……ですから。わ、私も……その、どんな方なのか気になって……ごめんなさい」

昨夜、侍女達にあちこち走り回ってもらい、クラウディオについての情報を集めた。やっていることは同じなのだから、むくれるのは間違っている。

自分の過ちに気づいた瞬間、するりと謝罪の言葉が口から出た。

「いや、いい。当然の自衛だ」

クラウディオの方は、気にした様子も見せない。片手を上げて、それ以上の謝罪は制す。

(……心の広い方、なのね)

クラウディオのことを思うと、少し心が軽くなった。

「もう大変でしたよ。フェリア様のことをなんでもいいから知りたいって」

メインの肉を切り分けながら、イザークが遠い目になった。

でも、いつの間に調べたのだろう。クラウディオがフェリアと会ったのは、昨夜が初めてのはずなのに。

「年配の人達はわかっていると思いますよ、俺の調査ではね。ただ、王子と年齢の近い人間の間では王子の言うことが絶対のようですね」

「バカバカしい」

「大将も、年配——冗談ですよ！」

イザークに向けて、クラウディオが危険な目つきになる。

（……二人とも楽しそう）

イザークとじゃれ合っているクラウディオを見ていると、フェリアの抱いていた偏見は、少しずつ薄れていくようだ。微笑ましくて、つい口元が緩む。

「……ほら、フェリア様が見てますよ。じゃあ、俺はそろそろ行くんで、あとは二人でごゆっくり」

気がついた時には、食事は完全に終わろうとしていた。

最初に立ち上がったイザークは、テーブルの上に並んでいた食器を手早く片付けると、そのままワゴンを押して出ていってしまう。

取り残されたフェリアは困惑した。

（ごゆっくりって言われても！　な、なにを話せばいいのか……）

イザークが出ていったとたん、クラウディオの方も口を閉ざしてしまう。先ほどまでの和やかな時間が嘘のようだ。

部屋の中は完全に沈黙に支配されてしまって、ただ、気まずい時間ばかりが流れていく。

「——明日」

長い沈黙を破って、先に口を開いたのはクラウディオだった。

「明日は早朝に出発する。早めに休むといい」

（これって、自分の部屋に戻れってことよね……？）

彼の言葉の裏を探ろうとすれば、きっとそういうことになる。自分の部屋に戻って、さっさと休めと言われている。

おとなしくフェリアは立ち上がった。

イザークがいなくなったとたん、気づまりになったのは否定できないが、なんとなく――名残惜しいような気もする。

「……お休みなさいませ、クラウディオ様」

立ち上がり、淑女としての礼を完璧に守った挨拶をする。そのまま退室しようとしたら、ぐっと腕を引かれた。

「あ、あの、クラウディオ様――！」

フェリアの細腕ではクラウディオにかなうはずもなく、簡単に彼の腕の中にとらわれる。背中に強く回された腕の力に、眩暈《めまい》を起こすような気がした。

どうすれば、いいのだろう。この状況、非常に気まずい……！

押しつけられた広い胸板は、しっかりと筋肉がついている。腕も太くて、もう少し力を入れたら、背骨が折れてしまうのではないかという気がした。

「く、苦しい……」

苦しいのは、呼吸ではない。もっと胸の奥深いところから込み上げてくる感情だ。その気持ちに、どう名前をつければいいのかさっぱりわからないが。

細い声での訴えに、クラウディオは素早く反応した。

「すまない。苦しかったか。どこか痛むか」

「いえ……大丈夫、です。あの、クラウディオ様」

言葉が、こんなにも思うようにならないのは初めての経験だった。

こちらを見る彼のまなざしは、本当に申し訳なさそうにしゅんとしているから、今の自分の発言が過ちだったのだと正面から突きつけられているような気になってしまう。

「クラウディオ様、私……嫌では、ないんです。でも……慣れなくて……」

嫌ではないとはどういうことだと思わず自分で突っ込むが、そう言うことしかできなかった。

たしかに、嫌ではない。嫌ではないが、彼のことを怖いと思う気持ちも嘘ではない。

(昨日の今日で、おかしな話だけれど……)

少なくとも、触れられて嫌な気はしなかった。自分でも矛盾していると思うし、他人にうまく説明できるとも思えない。

クラウディオを怒らせてしまってもしかたのない状況だ。

「慣れない？」

けれど、クラウディオの示した反応は、フェリアの想像していたものとはまるで違っていた。

「そうか、慣れないか。こうやって、抱きしめられたことは？」

今度は慎重に背中に腕が回される。そうしておいて、彼はフェリアを自分の方へと引き寄せた。

「両親……とか、近しい親戚くらいで……」

婚約していたとはいえ、ヴァレンティンとは手を握る以上のことはなかった。前世でも、男性には縁のない生活をしていたから、こんな風に抱きしめられるのは初めての経験だ。

「そうか、ではフェリア。よい夢を。ゆっくり休むといい」

額にそっとキスされて、思わず背中をこわばらせてしまう。

腕の力は強いのに、額に触れる唇は優しい。自分の体温より少しだけ彼の体温は高くて、その熱に心の奥がとかされていくような気がした。

「……お休みなさいませ、クラウディオ様」

繰り返された、就寝の挨拶。

それは、ぎこちないながらもフェリアの方から彼に向けて踏み出した一歩なのかもしれなかった。

◇　◇　◇

こうして、フロジェスタ王国への旅は、順調に進められた。

「今日は急ぐぞ。このあたりは治安が悪い。フェリアに万が一のことがあっては大変だから、盗賊が出るあたりは急いで抜けよう」

「大将はものすごく強いんで、安心してくれていいですよ、フェリア様」

「……二人が守ってくれるのなら、安心ですね」

三日もたてば、フェリアもこのくらいの軽口は叩けるようになっていた。

毎日三度の食事を三人でとっているのだから、距離が近くなるのも当然だ。

(……本当に、強そうなのよね)

ゲームをプレイした時には、あまり好みではないなどと失礼なことを考えてクラウディオルートはスルーしてしまったけれど、毎日過ごしていれば、どんどん彼のことが好ましく思えてくる。

身体は大きいし、いざとなれば大声を発することもあるが、外見から思っていたほど粗野なタイプではなかった。フェリアが想像していたような人間とはまるで違う。

部下達には慕われているし、イザークとも仲がよい。

(……だけど、苦しくなるんだもの)

往生際悪く、フェリアはそうつぶやいた。

クラウディオがフェリアを大切に扱ってくれているのはわかっている。たぶん、こんなにも大切に扱われている女性はそうそういない。

だけど。

ここがゲームの世界で、クラウディオが攻略対象であるというその事実までは打ち消しようがない。

このまま、彼のことを好きになったら――何か、悪いことが起こりそうな気がしてならない。

その予感は、打ち消そうとしても打ち消そうとしても、ちょっとしたきっかけで浮上してくるのだ。

「――そんな顔をするな。盗賊が出たら、俺が守ってやる」

気がつけば、彼がこちらを見つめている。盗賊が出ることを恐れていたわけではなかったけれど、彼にはそう見えていたようだ。

真顔で言われ、ほんのりと耳のあたりが熱くなる。きっと、顔も赤くなっている。

「すべて俺に任せておけばいい」

「はい、ありがとうございます――頼りに……していますね」

そう言ったら、驚いたように少しだけ目を見開いたクラウディオは、すぐに顔をほころばせた。

フェリアを見ている時だけ、彼の目がいつも以上に柔らかな光を帯びるのをフェリアは知っている。

フェリアが馬車に乗り込むと、クラウディオはフェリアのすぐ側に馬を寄せてきた。

(……悪い人ではないのは、わかっているの)

生真面目な表情をして、彼はまっすぐ前を見つめている。

馬車の中から、フェリアはじっと彼を見ていた。

フェリアをあの国から連れ出してくれた。悪評も気にしないと言ってくれた。

むしろ、あの噂が、元の婚約者達が意図的に流したものであるということも理解してくれていて――。

（……どうしよう、私……）

彼と出会って、まだたいした時間が流れたというわけではない。

それなのに、彼の姿をこうやって見ていると、なんだか胸がどきどきしてくるのだ。

なんで、こんなに胸がどきどきするのだろう。

その理由はわかっているけれど、明確な言葉ではまだ表現したくない。

本当にそれでいいのかと、心の奥からフェリアを支配しようとする声は消えようとしないのだ。

（だって、私は悪役令嬢だもの）

この世界はゲームとは違うと頭ではわかっている。だが、たった一年の間にフェリアが築き上げてきたものは失われてしまった。

クラウディオの国にまで悪評が届いていて、国民が、フェリアを受け入れてくれない可能性だってある。

彼の国に到着してからのことを、今心配したって始まらないのもわかってはいるけれど。

「――どうした？　まだ、不安か」

あまりにもじろじろとクラウディオを見つめていたのが、彼に気づかれてしまったかもしれない。

彼に恋しているんじゃないかと今思い当たったばかりだったから、かっと顔が熱くなるのを自覚した。

心臓が、ばくばくと言い始めて、彼の問いに答える余裕も完全に失われている。

「いえ、そうではなくて――あなたが」

あなたが、と言いかけてそこで止まってしまった。この先、続く言葉を本当に口にしてしまっていいんだろうか。

「俺の顔に何かついているか？」

けれど、その沈黙はクラウディオには違う意味にとられてしまったようだ。顔に手をやり、ついてもいない汚れを落とそうとしているみたいにそこを擦る。

「い、いえいえいえいっ、違うんです。そうではなくて――その、う、馬に乗っている姿がとても――とても、その、素敵……だと……」

言葉の後半が震えているのが自分でもわかる。とても素敵だからなんだと言うんだ。

けれど、その言葉を聞いたクラウディオの方も、わずかに顔を赤くしている。

「そ、そうか――フェリアの目にはそう見えるか」

「はい、あの、でも、お気になさらないでください……！」

彼の顔を見ていることができなくて、そのまま座席に身を投げ出してしまう。

（私、何口走ってるのよ……！）

座席の上で、じたばたとした。

たしかに、彼のことをとても素敵だと思ったのは事実だ。

だが、その言葉をそのまま口にしなくてもよかったではないか。

馬車の反対側にいたイザークが、そんなフェリアの様子を面白そうに見ているのに、フェリアはまったく気がついていなかった。

◇◇◇

そして、出発から二週間後。フェリアは無事にフロジェスタ王国の都に到着した。

道中、クラウディオとの仲はかなり進展したと思う。

（……本当は、そんなに怖い人じゃないのよね）

もう少し地味なドレスを持ってくればよかったと思うけれど、トランクの中に入っていたのはやっぱり赤いドレスだけ。何度見たって清楚な色合いのものなんてない。

髪は両サイドの髪を編み込みにしながら後頭部に持っていき、そこで一つにまとめている。残りの部分はそのまま流しているけれど、少しは可愛らしく見えるだろうか。

「どうした。今日はずいぶんとおとなしいのだな」

「あ、あなたのせいです……！」

目の前に座っているクラウディオは悠々としているが、フェリアの方は落ち着かない。

日を重ねるにつれて、彼のスキンシップは激しくなった気がする。

朝、顔を合わせれば頬か額にキスが落とされる。

歩く時には手を取られるか、自然に彼の手が腰に回っているかだ。就寝の挨拶の時には腕の中に囲い込まれるし、とにかく距離が近く、刺激が強い。

おまけに、今日は馬には乗っておらずフェリアの乗っている馬車に一緒に乗り込んでいる。目のやり場に困ってしかたない。

だが、彼がフェリアを気に入ってくれたところで、彼の国の人達が受け入れてくれる気になるかどうかは別問題だ。

（私が、悪者だって……この国の人達に伝わってないという保証はないものね）

馬車の窓にもたれるようにして、ため息を一つ。

朝から緊張しているのは、フロジェスタ王国の人達にフェリアが受け入れてもらえるかどうかが心配だからだ。今朝からずっと胃のあたりがしくしくとしている。

（この国の人達は、私を受け入れてくれる……？）

素行が悪すぎて、王太子との婚約が解消されてしまったなんてこの国の人達にも伝わっていたら、どう対処したらいいものかわからない。

「フェリアは、小さなことを気にしすぎるのだな。この国の民は、小さなことなんて気にしないぞ」

「それは、クラウディオ様のお考えでしょう」

もし、フロジェスタ王国の人達に『悪役令嬢は国に帰れ』なんて言われたら、もう立ち直れない気がする。

「――あ、あの。クラウディオ様。一ついいですか？」

フェリアは首をかしげる。

どうして、向かいの席にいたはずの彼が、いつの間にか隣に移動してきているのだろうか。

少なくとも、フェリアは気がつかなかった。

それだけではなくて、しっかりと腕の中に抱え込まれているのだから、身動きするのさえままならない。

「どうして、私はここにいるのでしょう……？」

あまりにもぼうっとしすぎていたのかもしれない。彼が、隣に移動してきているのに気づかないなんて。

「どうして、って俺がそうしたいからに決まっているだろう」

それは、フェリアの意思は関係ないということなんだろうか。

だが、彼はフェリアが本当に嫌がることはしないから、離れてくれと言えばきっと黙って元の位置に戻るのだろう。

――でも。

こうやって、彼の腕の中にいるのは嫌な気分ではない。

「……あなたが、そうしたいのなら」

結局、こうやって可愛くない反応を返すことしかできない。彼の腕の中にいるのは心地よいのだと、認めてしまえばきっと楽になれるのに。

以前ならこんな風に返すことはなかったから、きっと彼との距離が近づいているということなんだろう。

「大丈夫だ、俺がついている」

そうやって、低く艶を帯びた声音でささやかれると、大丈夫なような気がしてくるのだからすごい。

クラウディオの鼓動に耳を傾け、彼と同じリズムで呼吸しようとする。深い呼吸を繰り返しているうちに、心が穏やかになってくるのが自分でもわかる。

（……そうね、いざとなったら国に帰ればいいんだもの）

フェリアはますます彼に身を寄せた。

もし、この国の人達がフェリアを受け入れないというのなら、自分の国に帰ればいい。

国に帰ったところで、行くところもないけれど——いざとなったら、実家を出ればいいのだ。

きっと、フェリアにもできる仕事は何かしらあるだろう。

彼の大きな手が、ゆっくりと背中を上下する。意図的に深い呼吸を繰り返して、落ち着きを取り戻そうとした。

やがて、馬車は一度停まった。

「お帰りなさいませ、陛下——」

「街の様子は、いつもと変わりありませんよ」

馬車の外から、そう声をかけられる。

クラウディオの腕の中にいたフェリアは、慌てて身を離そうとした。

こうやって彼と密着しているところを見られない方がいいのではないかと思ったが、馬車を覗き込んできた人達はそうは思わなかったようだ。

「……何やってるんですか。若いお嬢さんを抱え込んで」

「まさか、親御さんに黙って攫ってきたんじゃないでしょうね？」

どうやら馬車を覗き込んでいるのは二人いるようだ。

気安い口調から、クラウディオに近しい人間なのだろうと思った。

「馬鹿か。お前達は」

あきれたようにクラウディオが嘆息する。それから彼はますますフェリアを抱く腕に力を込めた。

顔を上げることもできなくなって、フェリアの方は、ただ、彼になされるまま。

後頭部に回された手が、フェリアの顔を彼の胸板にぎゅっと押しつける。

「俺の花嫁だ。お前達には見せてやらん」

「わあ、ずるいなあ……綺麗な人なんでしょう」

「世界一の美女だぞ。俺の目にはそう見える」

（な、なんてことを言うの……！）

臆面もなく、そんなことを言い放つから、フェリアは真っ赤になってしまった。

一つ救いがあるとすれば、彼がフェリアの顔をぎゅっと押しつけているから、彼らにフェリアの表情は見られなかったというところくらいだろうか。

「城下は安全ですが、お気をつけて」

「いつか、ちゃんと会わせてくださいね」

なんて会話が頭の上で交わされ、馬車は再び動き始めた。

（……本当に、この人は……）

クラウディオの腕の中でフェリアは嘆息した。まだ、心臓がこんなにもドキドキしている。

口にした時の彼の表情をうかがうことはできなかったけれど、フェリアを世界一の美女だと言い放った時、きっと彼は堂々としていたのだろう。

――困る。

不意にそんな思いが押し寄せてくる。

彼に、こんな風に大切にされることに慣れてしまったらきっと困る。

「あの、クラウディオ様」

クラウディオの胸に身体を押しつけられたまま、フェリアは首だけ捻じ曲げて彼の顔を見上げた。

彼は、なんてことないみたいな顔をして、こちらを見下ろしている。彼の目に映った自分の顔を確認したとたん、フェリアは固まってしまった。

（……私、こんな顔もできたんだ）

クラウディオと出会う前のフェリアは、いつも冷静な表情を崩さないようにしていた。王太子の婚約者であり、侯爵家の娘である以上、人前で弱みを見せるわけにはいかなかったから。

それなのに、クラウディオの前では、今まで必死に取り繕ってきた『フェリア・レセンデス』の仮面がぽろりと落ちてしまう。

クラウディオの瞳に映る自分の顔は、とても心細そうにこちらを見つめ返していた。こんな顔、今まで見たことなかった。

「私……これからどうしたら」

「難しいことは考えなくてもいい。この国と、俺のことをもう少し知る努力をしてくれれば」

(そんなことを言うから困るのよ……)

なんて、フェリアが考えていることを、きっと彼は知らない。

彼がフェリアに合わせてくれるというのなら、それに甘えてしまえばいいのかもしれないけれど、甘えっぱなしなのも違うと思うのだ。

「街の様子を見てみるか？」

「ええ……見せてください」

クラウディオが腕の力を緩めてくれたので、窓の方へと目を向ける。

窓の外に広がっていたのは、今まで見たことのない光景だった。

石造りの家の屋根は、赤やオレンジといった鮮やかな色に塗られている。窓は大きく取られていて、どの家も開放的な雰囲気だ。

窓にひらひらと揺れているカーテンは、白やクリーム色、水色のような淡い色合いのものが多く、とても涼し気な雰囲気だった。

（……海の香りがする）

鼻孔をくすぐるのは、潮の香り。この世界に生まれてから海には行ったことがなかったから、この香りをかぐのは久しぶりだ。

ちょうど市場を通り過ぎているところのようで、賑わいが馬車の中にまで伝わってくる。

果物屋の店先に並んでいるフルーツは、バナナやマンゴーのような色鮮やかで南国情緒溢れるものが多い。店先に置かれている樽には、大量のオレンジが入っている。

「交易船は、港ですか？」

「交易船が見たいのか」

「間近で見ることがなかったので……お時間のある時に見せていただけたら嬉しいです」

この国の都は、フォルスロンド王国の都とはまるで違う雰囲気だ。

街を行く人々が身に着けている色も、赤、黄色、オレンジに鮮やかな緑など華やかなものが多い。だが、その間に柔らかな色合いの服を着た人達もいて、自分が好きなものを好きなように身に着けているようだ。

（……私のこの格好でもあまり浮かないかも）

ちらり、と赤いドレスを着ている自分の身体を見下ろした。

「ほら、あれが俺の城だ」

「――すごい！」

馬車の行く手には、大きな城が見えていた。

真っ白な石造りの建物は、そのものが芸術品のように美しい。彫刻が施され、屋根は優雅なアーチを描いている。

けれど、建築様式は統一されていないようだった。建物の南側と北側では、北側の方が古い時代様式で建てられているようにも見える。

「……とても大きいんですね」

「増改築を繰り返しているから、いつの間にかこの大きさになってしまったという方が正解かもしれないな。南の方は、五十年ほど前に建てられたものだ」

「やっぱり」

「やっぱり、とは？」

「北側の方はセゴニア様式だと思ったんです。南に行くにしたがってだんだん新しい様式になっていって、最南端はトゥリア様式です。だから、何回かに分けて、増改築されたのだと。それから、南側のドームの彫刻は、南の大陸風ではありませんか？」

淑女としての教育を受ける中、歴史の授業と美術の授業にも力を入れていた。

どこに招かれるにしても、美しい城や屋敷は建物そのものが芸術品だ。建物に施されている彫刻は、誰の手によるものなのか。それがわかるのとわからないのとでは、話の弾み具合が変わってくる。

「フェリアは、本当に物知りなのだな。感心した」

「いえ、そんなのでは」

たしか、城の敷地面積は広いが、建物内に日光をまんべんなく取り入れるために、中庭にかなりの面積を割いているはずだ。

（このお城で過ごすの……少し、楽しみになってきたかもしれない）

中庭での日光浴は、きっと気持ちがいいだろう。

自分が、この国での滞在を楽しむつもりになっていることに、フェリアはまったく気づいていなかった。


招き入れられた城の中もまた立派なものだった。

「――この国は、とても豊かなのですね……！」

思わず、フェリアの口からそんな言葉が漏れた。

建物の中央には、フェリアの予想どおり中庭があった。そして、ぐるりと中庭を囲うようにしてもうけられている廊下は、両側の壁に大きく窓が取られている。

今日はさほど暑くないから窓は閉じられているけれど、夏になったら中庭の風が涼しく廊下を通り抜けていくに違いない。

そして、廊下の床には敷物は敷かれていなかった。そのかわり、さまざまな色合いのタイルが敷き詰められ、モザイク画が描かれていて、その上を踏んで歩くのが申し訳ないような気分に陥るほどに美しい。

廊下だけではなく天井を見上げれば、そこには、この国で見ることのできる植物が彫刻されていた。

そして、天井近い位置にあるというのに、どの彫刻にも埃などつもっていない。使用人達が丁寧に仕事をしているのがよくわかる。

(『ヒロイン』は、このお城を見てどう思ったのかしら……)

思わずフェリアは心の中でつぶやいた。

こんなにも美しい城に足を踏み入れて、ヒロインはどう感じたのだろう。

「本当に、素敵なお城ですね！」

「フェリアにそう言われると、俺も誇らしくなってくるな。建築のことはよくわからないんだが」

「ほら、あそこに葡萄があります。葡萄は収穫できますか」

「ワインを造っているからな。たくさんとれるぞ」

「機会があったら、ワイナリーも見学させていただけたら嬉しいです」

いつまでこの国にいられるかわからない。

けれど、この国にいる間は少しでもこの国を知る努力をしたいと思った。

それが、彼の見せてくれた好意に対するできる限りの返事だと思ったから。

「葡萄が収穫される頃に行ってみようか。実際にワインを仕込む工程を見た方が楽しいだろう」

それは、今から数ヵ月は先のことだ。

彼は、フェリアがその時期になるまでこの国にいるのが当たり前のように語ってくれる。

（本当に、私、その時までここにいるのかしら……？）

彼の顔を見てみるけれど、答えなんてわかるはずもなかった。

（……でも、そうよね。できる限りのことはしないと……）

あの国から、フェリアを救い出してくれたのは彼だ。だから、できる限りの恩は返したいと強く願う。

クラウディオに導かれるようにして廊下を歩く。

最終的に連れてこられたのは、奥まったところにある一室だった。

目の前が中庭になっているが、他の庭とは高い塀で区切られていて、とても静かな場所だった。

「部屋を用意させたが、気に入らないことがあればすぐに言え。速やかに対処する」

「……とても、素敵だと思います……独立したお庭があるのも素敵。のんびりしてしまいそうです」

「好きなだけのんびりすればいい。今までが忙しすぎたんだ」

ここは高貴な身分の女性を宿泊させるために作られた部屋なのだろう。

部屋の扉の目の前にある扉からは、中庭に出られるようになっている。

中庭には、白い薔薇と赤い薔薇が咲いていて、いい香りを振りまいていた。

部屋の中に入ってみると、窓の外には海が広がっている。窓際に近寄って下を見てみると、ちょうど崖の真上に位置しているようだ。

（……ここから、逃げ出すのは無理そうね。それに、ここから誰か入ってくるのも無理そう）

逃げるつもりはないが、ここが厳重に守られている場所であるのは間違いない。こんなところにも彼の気遣いが表れているように思えた。

「目の前が海ってとても、素敵ですね。波の音も優しくて」

「夏の終わりには荒れる時もあるぞ。そうなったら――俺の部屋に逃げて来ればいい。俺の部屋は隣だからな」

「距離が、近いです――！」

窓に背を向けて立ったら、彼が容赦なく側に近づいてくる。フェリアの身体越しに窓枠に手を置くから、逃げられなくなってしまった。

（だいたい、クラウディオ様の部屋に逃げていくって――！）

距離が近い。彼の顔がすぐ側にあるのは心臓に悪い。

逃げ出したいのに、腕の中に完全に抱え込まれてしまっているから、逃げようもない。

「わ……私、お部屋の中をまだ見ていないのですが……！」

「そうだったな。必要な品がすべて揃っているか確認した方がいい」

クラウディオはフェリアを解放してくれて、それから室内をあちこち見せてくれる。

この地域は、冬でも温暖な気候だ。城の造りが開放的で、風が通りやすい構造になっているのは、その分夏が暑いから。

この区画には、今いる部屋の他に二部屋あった。

今いる部屋は、床もタイル張りだ。一部床に敷物が敷かれているが、その敷物はとても上質な品であるのはすぐにわかった。

白いカーテンが窓にかけられていて、部屋の片隅には白い鏡台が置かれている。フェリアはその鏡台に近づいてみた。

白く塗られた鏡台には、金で装飾が施されている。鏡の上部は緩やかな山形になっていて、鏡の周囲も金で縁取られていた。

鏡台の下部は左右に三段の引き出し、中央に浅い引き出しがあって収納力もかなりありそうだ。その引き出しの取っ手もまた、細かな彫刻の施された金色だった。

銀製の化粧道具がいつでも使えるように鏡台の上に置かれている。スツールの上部に貼られた布は、淡い水色だった。

「とても、素敵です。まるで——」

お姫様の部屋のようだ、というのは少し違う気がする。フェリア自身、侯爵家の令嬢であり、ある程度豪華な品には慣れている。

「まるで——のあとには何が続くんだ?」

「まるで、童話のお姫様の部屋のようだ、と」

言葉を選び、結局そう言い直すことにした。

生家にあるフェリアの部屋に置かれている家具は、もっと重厚なものだった。年代物のウォルナットの家具で統一された部屋は、たしかに豪華な雰囲気ではあったたし、その中で生活してきたので違和感などまるでなかった。

でも、ここに来てからは違う。

ベッドも白く塗られているし、そこに用意されている寝具もまた、白と淡いピンクと水色。

天蓋布はいえば、透けて見えそうなほどに薄いもので、両国の文化の違いというものをまざまざと見せつけられたような気がした。

（誰のために用意したのかしら。こんな部屋――）

少なくとも、銀の化粧道具などはすぐに用意できるものでもないと思う。

それに、この部屋の持つ愛らしい雰囲気は、フェリアには似合わないと思うのだ。他の誰かのために用意させた部屋を横取りしてしまったのなら申し訳ない。

「本当に、私、この部屋に宿泊しても……？」

「当たり前だ。フェリアのために用意した部屋なのだからな」

彼が、そういう風に言ってくれるのを嬉しいと思ってしまうのだから、自分もたいがいだと思う。

それから壁に造りつけられているクローゼットの方に歩み寄ってみた。

「服も侍女頭に用意させたが――どうだ、着られそうか？」

「これが、こちらの流行なのですか？」

「南の大陸の流行が持ち込まれた、と聞いている」

「……これも素敵です」

クローゼットに吊されているドレスは、フェリアが今身に着けているドレスとは少し趣が違った。

フェリアの国で流行っていたのは、長袖の場合は、ドレスの袖をぴったりと腕に沿わせる形のドレスだった。手首のところにレースを重ねるのが、今の流行だ。

だが、この国では違う。振袖状と言えばいいだろうか。たっぷりとした袖は、着用したら膝のあたりまで届きそうな程に長い。

そして、袖口は大きく開き、腕を上げれば肘のあたりまで見えそうだ。

胴からスカートにかけては繋がった仕立てで、身体の線が浮かないゆったりとしたものだった。

「ありがとうございます、とても素敵……」

フェリアはうっとりとドレスに手を滑らせてみる。なめらかなシルクの感触が心地よかった。

スカート全体に施されている刺繍も手の込んだもので、先に使者を走らせたとはいえ、これだけの品を用意してしまう彼にはびっくりさせられる。

「お前が喜んでくれるなら、それでいいんだ」

「……嬉しい」

口から零れたのは、素直な言葉だった。こうやって、気遣ってもらえるのは嬉しい。

だけど……彼は、本当にそれでいいんだろうか。

（……いえ、ここでこれ以上気にしていても始まらないわ）

彼がフェリアを気に入ってくれているのだし、用意してくれたドレスはどれも素敵だ。これ以上は、余計なことは言わない方がいい。

「今夜は、もう休め。明日は、お前を歓迎するための宴だからな」

宴、と聞いて身構えてしまった。

この国の人達の前に姿を見せなければならない。

「――フェリア」

低くて艶を帯びた彼の声。ぱっと顔を上げたら、すぐそこに彼の顔がある。あまりにも間近に彼の顔があるので、どうしたのだろうと驚いてしまった。

「あ、の……」

どうして、彼と一緒にいると心臓が急激にばくばくし始めるのだろう。

けれど、彼が気にしているのはそれだけではなさそうだった。

「美しく装ってくれるだろう？　俺のために」

（クラウディオ様のために、美しく装う……？）

彼の提案は、あまりにも甘美なものだった。

誰かのために美しく装うなんて考えたことはなかった。

元の婚約者のために装うのは、あくまでも彼と釣り合う立場であるのだと周囲に見せつけるためのものでしかなかった。

クラウディオを想い、彼のために装うのはいったいどんな気分になるのだろう。

「……わかりませんわ」

けれど、フェリアの口をついて出たのは、そんな可愛げのない発言でしかなかった。

それを聞いたクラウディオは、愉快そうに声を上げて笑う。

そうしておいて、彼はフェリアを強く抱きしめ、頬に派手な音を立ててキスすると、部屋を出ていってしまった。

◇◇◇

「大将、あんたまったくわかってないんですね」

フェリアを馬車に乗せ、出発したとたんイザークはあきれたように口を開いた。

「フェリア様の荷物、あれじゃたぶん足りないですよ」

「ずいぶん多くなかったか？」

「俺達と一緒にしちゃいけません。船の上なら一週間同じ服を着てても誰も文句を言いませんが、若い女性はそんなわけにはいかないんですよ」

玄関ホールに積まれていたのは、トランクが一つと、衣装箱が三つ。宝石と道中着る服はトランクに入れてあるので、衣装箱は到着するまで降ろす必要はないという話だった。

トランクの他に衣装箱が三つとはずいぶん多いと思ったのだが、女性の荷物としては非常に少ないらしい。

「……そういうもの……か……？」

顎に手をあてて考えてみるが、よくわからない。よくわからないのならば、わかりそうな者に任せればよい。そのために部下がいるのだから。

「先に使いを出す。侍女頭に、女性の滞在客に必要な品を全部揃えるように命じておく」

「それがいいですね。次の休憩の時に、命令書を書いてください。すぐに出発させるんで」

命令書をしたためるのに、長い時間は取れない。今のうちに、頭の中で考えをまとめておかなければ。

とはいえ、女性に何が必要かなどわかるはずもない。

結局、休憩時にしたためた命令書には、次のように書くしかなかった。

『花嫁を連れて帰る。銀の髪に紫色の瞳が美しい女性だ。若い女性の滞在に必要そうな品をすべて揃えておくように。服の数が足りないようなので、それも頼む。滞在する場所は、城の一番奥の部屋がいいと思うが、一任する』

侍女頭ならば、すべて上手に取り計らってくれるはずだ。

手配をすませ、初日の夕食はイザークを同席させた。

なにせ、フェリアには距離を開けられている。自分と二人きりというのは居心地が悪いだろうし、今のところ、彼女に無理強いするつもりはないのだ。

手際よくスープを取り分けてくれる様子から、目を離すことができない。イザークも感心したほどに、慣れた動きだった。

最初は緊張していたようだが、イザークが時々軽口を挟んでくれるおかげで、フェリアの緊張もだいぶほぐれてきたようだ。

「……お休みなさいませ、クラウディオ様」

そう挨拶をして、自分の部屋に戻ろうとするフェリアを、つい腕の中に抱え込む。一瞬身体をこわばらせたけれど、逃げ出す様子はなかった。

腕の中にいる小さな存在。いや、フェリアはどちらかと言えば大柄なのだが、クラウディオと比較すれば小さく思える。

額にキスをしたら、困ったような顔になる。その様もまた愛らしくていじらしくて――。

思わず、側のベッドに押し倒したくなったほどだ。

それをしなかったのは、理性を総動員したおかげ。まだ、完全に心を許してもらったわけではないのに、いくらなんでもそれは早すぎる。


密かに走らせた使者が、侍女頭からの返事を持って戻ってくる。

クラウディオの命じたように、準備が進められていると返事には書かれていた。

服は既製品を購入し、必要に応じて補整すること。部屋の家具も入れ替え、いつ到着してもいいようにしておくこと。

宝飾品を贈るのもよいだろうが、いきなりそれでは重すぎる。当面は本人が持参した品と、先代王妃の宝飾品を「貸す」ことで対応すること。

その他、化粧道具一式や浴室で使う石鹸、寝具にいたるまでクラウディオには思いつきもしなかったことまできちんと整えてくれた。

(侍女頭に任せて正解だったな)

と、実感したのは、滞在する部屋にフェリアを通した時だった。まるで、童話のお姫様の部屋のようだと、素直な笑みを見せてくれる。

城の建築様式にも詳しく、北側と南側の違いまで馬車の中から見ただけで言い当てた。これほどの淑女をもてなすのに、抜かりがあってはならないのだ。

「俺の婚約者、いや、婚約者候補のフェリア・レセンデス嬢だ。しばらくの間、滞在する」

フェリアを引き合わせた時、侍女頭の目が鋭く光ったのをクラウディオは見逃さなかった。

彼女がどう判断したのかは後程聞くことにして、まずはフェリアに落ち着いてもらうことに専念する。

「俺は朝早くから動き回っていることが多い。朝食は、この部屋に運ばせるから自由にしてくれ。明日は歓迎会もあるし、それまでの間はのんびりとしていてくれ」

「ありがとうございます」

ふんわりと笑う様も可愛らしい。

フェリアを残し、部屋を出る。すぐに侍女頭が後を追いかけてきた。

「どうだ？　だめだと言っても、反対はさせないがな」

「……よきご縁となることを、お祈りしています」

侍女頭はゆっくりと頭を下げる。なかなか気難しい女性なのだが、彼女が好感を覚えたということは、フェリアがこの国に溶け込みやすいということでもある。

（……あとはゆっくり、関係を近づけていけばいい）

そう思ったけれど、すぐに自分がとんでもない行動に出てしまうことを今のクラウディオはまったく想像していなかった。

第三章　幸せになっても、いいですか？

クラウディオが大切に扱ってくれているのはわかるけれど、それを受け入れることができないのがもどかしい。

クラウディオとの関係がどう変化していくのか、フェリア自身にもわからない。

（この世界が、ゲームの世界じゃないって、ちゃんと理解していたつもりだったんだけど……）

本当にそうなのかと問われると、少しばかり自信がなくなってくるのも否定できない。

自分の行動が、他の人の手柄だと誤解されたり。自分の行動が悪意からのものだと受け止められたり。

周囲に誤解されるのはいつものことだったけれど、その誤解を解こうと自分から努力したかと問われるとわからなくなる。

（というか、そもそもその前にこの国の人達が私を受け入れてくれるかどうかの方が問題じゃない？）

ここで、一人考え込んでいたって何も始まるわけないのに、一度走り始めた考えは悪い方、悪い方へと走っていってしまう。

そうこうしているうちに、フロジェスタ王宮での夜は過ぎていった。

なかなか眠りにつけないまま、明け方になってようやくうとうとしたかと思ったら、もう朝だ。

昨日引き合わされた侍女達が、部屋に朝食を運んできてくれる。

(……侯爵家の令嬢らしくふるまわなくちゃ)

根のところでは日本人の感覚が残っているけれど、王太子の婚約者としてのふるまいを要求されている間、常に淑女としての姿勢は崩さなかったほどに、侯爵家の令嬢として人前では仮面をかぶる術くらい心得ている。

「おはようございます、フェリア様」

フェリアを起こしてくれたのは、昨日引き合わされた中で一番年齢の高い侍女だ。彼女が侍女頭で、他に五人ほどいる侍女達を束ねる役目だ。

「おはよう……まずは、着替えよね」

「こちらにお召し替えを」

差し出されたのは、身体を締め付けないゆったりとした黄色の部屋着だった。白いレースが襟のところについているが、それ以外に飾りはない。

「テラスにご用意いたしました。風が気持ちいいですよ」

着替えを終えてから案内されたのは、海に面しているテラスだ。白く塗られたテーブルいっぱいに朝食が並んでいる。

「朝から、こんなにいただくの？」

焼きたてのふわふわとしたパンに、かりかりに焼いたベーコン、オムレツ、サラダ。それに美しくカットされた季節の果物とヨーグルト。

ヨーグルトには、蜂蜜とフルーツソースの入った小さな器が添えられていて、見ただけでお腹がいっぱいになってしまいそうだ。

「このくらいは普通でございますよ」

にこにことしながら侍女達は返してくれるけれど、フェリアには多すぎだ。

朝からこれだけ食べられるとは、この国の人達は、とても食欲が旺盛らしい。

「とてもおいしそうだけれど、私はこんなに食べられないと思うの。残してしまうのも申し訳ないから、明日からは少し量を減らしてもらえるかしら。パンは半分、フルーツは今の三分の一でお願いできる？」

そう言うと、周囲の侍女達は、気の毒そうに顔を見合わせた。

「まあ……フォルスロンド王国の方は食が細いのですね」

「フェリア様は、こんなにも細くていらっしゃるから」

若い侍女達の同情的なまなざしにフェリアはいたたまれなくなった。彼女達の働きにケチをつけたつもりはなかったのだ。

若い侍女達を、侍女頭がつつく。慌てた二人は、フェリアの前で深々と頭を下げた。

「も、申し訳ございません……！」

「明日からは、そのようにいたします。足りなければ、すぐにお持ちしますから、気兼ねなくお命じになってください」

若い二人の頭を押さえつけている侍女頭は冷静だ。フェリアは頭を上げてくれるように頼んだ。

「昼と夜は普通に食べられるの。朝はあまり食べられないだけ。心配させてしまったみたいで、ごめんなさいね。とても、おいしそう」

波の音に耳を傾け、朝の新鮮な空気を堪能しながらの朝食とは、なんて贅沢なんだろう。

焼きたてのパンはふわふわさくさくで、口に入れればほんのりとパンそのものの甘みが広がる。

オムレツはふんわりと焼き上がっていて、バターの香りがとてもよい。ベーコンの焼き具合も完璧だし、フルーツはどれも新鮮。

ヨーグルトはソースをかけなくても美味だが、イチゴのソースをかければ、そこに甘みと香りが追加されて、気分を変えて楽しめた。

下の方に目をやれば、寄せては返す波が太陽の光を反射してキラキラと輝いている。

少し涼しいけれど、肌寒いというほどのことはなくて、昨夜あまりよく眠れなかった頭がすっきりとしていくようだ。

こんな贅沢な環境で、一人で朝食を堪能しているのが、もったいないような気がしてくる。

(……クラウディオ様も、ここにいてくれたらもっと楽しい……のかな……?)

クラウディオがここにいてくれたら、もっと楽しいだろうか。どうだろうか。

「クラウディオ様は、もうお目覚めなの？」

「はい。朝からお留守にしていた間にたまった仕事を片付けているそうです」

もちろん、信頼の置ける家臣にある程度のことは任せていったのだが、クラウディオでなければ結論の出せないこともある。

今朝は朝早くから、そちらを片付けるのに忙しいようだ。クラウディオもこの場にいてくれたらと思ったけれど、それはわがままかもしれない。

「ご馳走様。とても、おいしかったわ」

「残さずお召し上がりになりましたね」

「おいしくて食べすぎてしまったの。午前中はもう動きたくないくらい」

多いから減らすようにと頼んだくせに完食だ。お腹に手をあてて、笑ってしまう。

こんなにも食欲が止まらないなんて、どうかしていると思うけれど、侍女達が居心地よくさせてくれるし、おいしかったのだからしかたない。

「でしたら、午前中は寝室でお過ごしになってはいかがでしょう？」

「あまりよく眠れなかったけれど、もう一度寝るなんてお行儀悪いんじゃない？　それに、私、ここに来たらいろいろとやらないといけないことがあるんだと思っていたのだけど……」

侍女頭の提案にはものすごく心を惹かれたが、着いた翌日から遊んでいるなんてあまりよくない気がする。

「長旅でお疲れなのですから、当然ですよ。昼食まで、ゆっくりとお休みくださいませ」

「そう……？　じゃあ、そうさせてもらおうかしら」

たしかにここまでの道中は長かった。

もちろんクラウディオは常にフェリアが心地よく過ごせるように気を配ってくれたし、それはイザークも同じだった。

フェリア自身、日本人としての前世があったから、貴族のお嬢様より不便には慣れていると思っていたが甘かった。

この国は、フェリアが莉子として生きていた日本ほど文明が発達していない。その分、身体にかかる負担も大きく、二週間の間に疲労が蓄積していたようだ。

新しい寝間着が用意され、着替えてベッドの中に潜り込もうとすると、ベッドの周囲を囲っている天蓋布が、厚手のものへと手際よく変えられているのに気がついた。

（……こんなところまで、気を配ってくれるなんて）

ベッドの周囲をすっぽりと天蓋布で囲ってしまえば、中は薄暗く、睡眠の妨げにはならない。

身を横たえれば、寝具が柔らかく身体を受け止めてくれる。

（本当に、こんなによくしてもらって……いいの……？）

クラウディオやイザークがよくしてくれるだけでもとまどっているのに、侍女達までこんなにも歓迎してくれるなんて。

昨夜はあれほど悩んでいたのに、今度はすんなりと眠りに落ちることができた。

起こされたのは、昼を少し回った頃合いだった。

午前中眠って過ごしてしまったので、まだ、空腹ではない。そう言うと、侍女達は心得顔で次の提案をしてくれる。

「では、今夜のパーティーにふさわしいドレスをご用意いたしましょう」

「何をお召しになるのか、先に決めた方がよろしいですわ」

「そうね、そうするわ。この国の流行はよく知らないから、あなた達が教えてくれると嬉しい」

にっこりとしてそう言えば、侍女達はてきぱきと動き始める。

新しく用意された部屋着に袖を通し、ソファへと移動した。

フェリアがこまごまと命じなくても、侍女達がてきぱき動いてくれるのはありがたかった。

先に着るものを決めようと、侍女達が次から次へとパーティーにふさわしい正装をクローゼットから運んで壁に吊してくれる。

「どれになさいますか？」

「そうね、国にいた頃は赤を身に着けることが多かったけれど……」

赤いドレスは、フェリアの銀髪によく映える。

大人びた容姿の持ち主であったし、豊満なタイプの美女なので——自分で美女と名乗るのはいささか気恥ずかしいのだが——そうするととても迫力がある。

国を離れてから気づいたのだが、フェリア自身『悪役令嬢』という言葉に縛られていた一面があるらしく、もともとの容姿にさらに迫力が加わるような衣服ばかり身に着けていた。

この国の人達は、自分の好きな色を遠慮なく身に着けているようで、壁には淡い色のドレスも何着も吊されていた。

フェリアの目が、そのうちの一着に吸い寄せられる。淡い水色のドレスだ。侍女頭は、フェリアのその視線を見逃さなかった。

「赤もお似合いですけれど、こちらのドレスなどいかがでしょう?」

「とても可愛いけれど、浮かないかしら? 淡い色は私には似合わないと思うの」

たしかに心惹かれるのだけれど、似合わない気がして試着するのも気が引ける。

(でも、着てみたい……)

似合わないと自分で言いながらも、目を離すことができない。

「お似合いですとも」

力強くうなずいた侍女頭の言葉に心が揺れた。

今までほとんど身に着けたことのなかったパステルカラーを身に着けるチャンスだ。

「……それなら、そのドレスを着てみよう……かしら」

「かしこまりました!」

こわごわと提案を受け入れると、侍女達はさっと動き始めた。

「まー、肌がお綺麗だこと!」

「コルセットは……必要ありませんわね」

侍女達が口々に誉めてくれるのが面はゆい。

自分の屋敷にいた頃も、仕えていた侍女達は誉めてくれなかったわけではないけれど、彼女達は父に雇われている。フェリアを誉めるのは、彼女達の仕事の一環でもあった。

「とても、お似合いですわ！」

侍女頭に言われ、こわごわと鏡と向き合ってみる。

淡い水色のドレスは、フォルスロンド王国のドレスと比較するとゆったりとした仕立てだ。白くレースをたっぷり使ったドレスの上に水色のオーバードレスを重ねる形だ。

オーバードレスの袖口にもレースが幾重にもあしらわれ、裾は長く引いている。

「オーバードレスは、こちらのサッシュで留めましょう。そのままふわりと羽織ってもよろしいのですが、ダンスをする時には不便ですから」

侍女頭の言葉と同時に、細い腰にオーバードレスと共布のサッシュが巻き付けられる。その様子を鏡越しに見つめながら、フェリアは嘆息した。

「とても、素敵ね……」

「そうでしょう。お似合いですとも」

淡い色は似合わないのではないかと思っていたけれど、こうして見ると案外しっくりきている。

「大急ぎで用意したものですから、お身体に合っていませんね。夜までに私達が補整いたします」

ドレスだけではない。銀の化粧道具も、女性の好みそうな家具も、事前に準備されていたようだ。しかも、フェリアの好みにぴたりと合っている。

「このドレス……いえ、ドレスだけではないわ。化粧道具も真新しかった。いつ用意してくれたの？」

「陛下から、急ぎの使者が出されたのですよ。フェリア様をお迎えするのに、ふさわしい用意をするようにと」

「そこまでしてくださったの？　もう一度、お礼を言わなくちゃ！」

昨日到着した時も思ったのだが、フェリアのためにここまでしてくれるとは思っていなかった。

（どうしよう、こんなにも……嬉しい……）

クラウディオの行動一つ一つに、こんなにも胸がかき乱される。

「ドレスは、城下町の仕立屋から取り寄せた既製品ですが……明日にでも、仕立屋をお呼びして、きちんとしたドレスを仕立てましょう」

「いえ、いいわ。だって、まだ、クローゼットの中にもたくさんあるでしょう？　どれも素敵で、着てみたいって思ったもの」

こちらの世界に生まれてきたから、長い間いい品物に囲まれてきたから、フェリアにもわかる。

既製品だと侍女達は言うが、そもそもこのドレスは使われている布そのものが最高級の品だ。

単なる既製品ではなく、急に王宮を訪れなければならなくなった貴族や国外からの訪問客のために用意されているものなのだろう。

「クラウディオ様が用意してくださったんだもの。全部着てみたいわ」

それは、素直な感想だったのだが、侍女達には違う受け止め方をされたようだ。微笑ましいまなざしで見られて、落ち着きを失ってしまう。

選んだドレスを身体に合わせるために、今度はあちこちピンを留めたり、着たまま縫い縮めたりという作業が始まった。

こういう作業には慣れているが、正直に言ってちょっとくたびれてきた。ピンを打つ作業が終わったところでようやく解放される。ドレスの補整が終わるのを待っている間、軽食を摘まんだと思ったら、もう支度を始める時間だった。

「フェリア様なら、どんな髪型にしてもお似合いですわね」

侍女達がきゃっきゃとメイクをしたり、髪を結い上げたりしていくのをフェリアはぼうっと見つめていた。

(……本当に、これが私なの……?)

鏡に映っているのは、たしかにフェリアの姿で間違いはなかった。けれど、今までフェリアが知っていた自分とはまるで違う。

きつすぎてあまり好きではなかった目元には、ふんわりと淡いピンクのアイシャドウが塗られた。頬にも同じように丸くピンクがのせられる。

睫毛はくるんと上向きにカールさせられたが、いつもびっしりとつけられていたつけ睫毛はつけられなかった。唇に塗られたのも淡い色。

銀髪はふわりとカールさせて、肩から背中へと流す。右耳の上から髪を編み込んでいき、左耳の上あたりで一つにまとめる。そこに差し込まれたのは、銀と真珠の髪飾りだ。

その他に、実家から持参したダイヤモンドの一揃いで身を飾れば支度は完成だ。

「嘘……」

思わずそれだけつぶやいて、呆然と鏡を見つめてしまう。

鏡の中から見返してくるのは、悪役令嬢なんて言葉の似合わない、清楚で可愛らしい女性だった。

こんな風になるなんて、想像したこともなかった。

試着した時に思った「案外似合う」どころではない。ものすごく似合っている。本当にこれは、自分なんだろうか。

フェリアが困惑しているのに気づいているのかいないのか。支度をしてくれた侍女達はきゃっきゃとはしゃいでいる。

「ほら、やっぱり淡い色がお似合いだと思ったのよ」

「銀と真珠の髪飾りも素敵」

「ご実家からお持ちになった宝石もお似合いよ」

侍女達の勢いに、フェリアの方がついていけなくなってしまう。彼女達は、本当に何をしているんだろうか。

「――はい、そこまでですよ」

手を叩いたのは、侍女頭だ。彼女の厳しい声音に、はしゃいでいた侍女達がぴたりと口を閉ざす。

「申し訳ございません、フェリア様。この国の者達は――その、フェリア様のお国とはだいぶ違っていると思うのですが――けして、悪気があるわけではありませんで」

侍女の言うように、たしかに今の若い侍女達の行動は誉められたものではなかった。

一応フェリアは、この国にとって大事な客人であって、その客人の前での行動にしてはあまりにもうかつすぎる。

「気にしないで。素敵にしてくれて……私、とても嬉しいの」

侍女頭の方に向いてそう言い、鏡の中を見れば見返してくるのは新しいフェリア。

今までの自分の顔はあまり好きになれなかったけれど、この顔の自分なら好きになれる気がする。

「こんな風に素敵にしてくれて、ありがとう……クラウディオ様は、どう思うかしら……」

けれど、不安なのはクラウディオがこれを見てどう思うかだ。

彼が好意を持ってくれたのは、『悪役令嬢』としてのフェリアであって、こんな風に可愛く仕上げてもらったら、ひょっとしたら思っていたのと違うと言われてしまうかもしれない。

(……好みじゃないって言われたら……)

その時はその時だ。

可愛く仕上げてもらったのを元に戻すのは、ちょっともったいない気もするけれど、以前のフェリアの方が好みだというのなら、元に戻せばいいだけのこと。

「フェリア、支度はできたのか。迎えに来たぞ」

とうとう、クラウディオが迎えに来てしまった。

侍女頭が扉を開いてくれて、フェリアはうつむきながら立ち上がる。

クラウディオが、フェリアを見てなんて言うのかが怖い。

「あの、クラウディオ様、私……」

彼を見上げてフェリアは固まった。彼は口を開いたまま、こちらを見ている。

彼の目があまりにも丸くなっていたので、自分の行動が急に恥ずかしく思えてきた。

(似合ってないんだわ……!)

彼が何も言ってくれないのは、きっと言葉を探しているからだ。似合わない、と一言言えばすむ話なのに。

「あの、ごめんなさいっ、着替えて——」

部屋に駆け込んで、持ってきたドレスに着替えようとしたらフェリアの腕ががしっと掴まれる。

「そのまま」

「……そのまま?」

フェリアはこわごわとクラウディオの顔を見上げた。こちらを見下ろす彼の顔が、ほんのりと赤くなっている。

「そのままでいい――着替える必要はない」

「……でも。似合っていないのでしょう?」

「違う。お前を誉める言葉が出てこなかっただけだ。詩的表現には詳しくないからな」

「し、詩的表現って――!」

そこまでは期待していなかった。彼の魅力は、そんなところにはないはずだ。

ただ、彼の口から一言だけ聞かせてほしいと思ってしまったのは、フェリアのわがままかもしれなかった。

「変ではないですか?」

「とても可愛らしいぞ。お前には、そういった服も似合うのだな」

「う、嬉しいです……」

顔が、赤くなるのを自覚した。クラウディオの顔を見ていたはずなのに、勝手にうつむいてしまって、フェリアの視線は下へと落ちる。

「あのっ――クラウディオ様……クラウディオ様も、とても素敵……」

ようやく、出てきた言葉はそれだった。クラウディオの袖を摑んで、懸命に思いを伝えようとする。

上質の布で仕立てられた濃茶色の上着は、刺繡などの装飾は施されておらず、シンプルだ。白いシャツの襟にだけ銀糸で刺繡が施されているのが、男らしい彼の魅力を逆に強調している

みたいだ。

それに、彼の存在そのものがとても目を引くので、必要以上に華美にすることもないということなのかもしれなかった。

「そうか？　いつもの格好の方が気楽でいいんだがな」

クラウディオは、首が苦しいようでシャツの襟に指を入れて引っ張った。自分の魅力にはまるで気づいていないようだ。

フェリアを見つめるまなざしは熱くて、その熱に浸食されたような気分になる。

「とても……素敵……です。私も、詩的表現は苦手みたい」

淑女教育の一環として、古典に触れる機会も多かったのに、適切な言葉を見つけ出すことができない。

そんな二人のやりとりを、周囲にいる侍女達が微笑ましそうに見ているのに不意に気づく。

（わ、私ったら、なんてことを……！）

ぱっと頬に血が上った。

出会ったばかりの頃はクラウディオのことを怖いと思っていたはずなのに、そんな気持ちはいつの間にか消え失せている。

「――今日は欠席にするか」

不意にクラウディオがそう言って、フェリアは目を瞬かせた。

「欠席って……やっぱり、私、どこかおかしかったですか？」

けれど、クラウディオはフェリアを連れて、パーティーに出るのは嫌なようだ。そんなことを言うから、フェリアも焦ってしまう。

何か気に入らなかったのだと思うと、目のあたりが急に熱くなった。

(だめ、泣いては……)

彼が一緒にパーティーに出たくないというのなら、きっと悪いのはフェリアの方だ。

「あのですね、大将。それじゃフェリア様には伝わってませんよ?」

ひょっこり顔をのぞかせたイザークもまた、今日は正装を身に着けていた。

紺の上着には色とりどりの糸で植物模様が刺繡されていて、洗練された雰囲気だ。

「フェリア様、違うんですよ。この人が言いたいのは、フェリア様が可愛すぎて綺麗すぎて、他の男の前に出したくないってことなんで」

「ほ、他の男の前に出したくないって……」

イザークの言葉に、フェリアはますます赤くなった。顔が熱い。自分がクラウディオの袖を摑んでいたことに気づいて、ぱっと放す。

「イザーク!」

「いやですよねー、おっさんの初恋。この年になっての初恋なんで、歯止め効かないんですよ。ああ、ケダモノになりそうなら、俺の方で責任もって止め——」

名前を呼ぶクラウディオにはかまわず、イザークはにやにやしながら続けた。

「イザーク!」

「ごめんなさい、止められないです。ケダモノ化したら諦めてください」

吠えるような声でもう一度名を呼ばれ、イザークは肩をすくめた。

「違う、そうじゃないだろう」

フェリアにはクラウディオの表情は見えなかったけれど、きっとイザークが恐れるくらい怖い顔をしていたんだろう。

「そろそろ出てきてくださいよ。招待客が待ちかねてるので」

肩を竦《すく》めたまま、イザークはするすると廊下へと出ていってしまう。取り残されて、フェリアは息をついた。

(イザークの言っていたことって、本当なのかしら……?)

もし、クラウディオがフェリアを他の男に見せたくないと思ってくれているのなら……嬉しい。嬉しいと思ってしまっていいのかはわからないけれど、嬉しい。

「あの、クラウディオ様……本当に行かなくてもいいのですか?」

彼の顔を見上げて問いかければ、肩に手が回された。フェリアの肩を抱いていない方の手で、クラウディオは顔を覆う。

「出たくない――悔しいが、イザークの言う通りだ。お前を、他の男の前に出したくない」

「でも、クラウディオ様は、出席しないといけないのでしょう? それなら、私はここで待っています」

素敵なドレスを用意してもらったが、クラウディオが嫌だというのであればおとなしくこの部屋で待っていよう。

そんなフェリアに向けて、クラウディオはぎょっとしたような表情になった。

「お前の歓迎会でもあるんだぞ」

「クラウディオ様が嫌なら、私は出ません」

「そういう意味では――悪かった。一緒に出てくれ。俺の妃は、こんなにも美しくて愛らしいのだと見せてやらなければならないからな」

「そ、そういうのはいらないので……！　いえ、あの、う……嬉しいんですけど、その、顔が……赤くなってしまう、から」

美しいとか愛らしいとか。

彼が誉めてくれる言葉は、フェリアの胸を優しく震わせる。

クラウディオが差し出した腕を借り、ゆっくりとフェリアは歩き始めた。

長い廊下を歩いていると、不思議な気分になる。柱に施された彫刻も、床に描かれたタイル模様も美しく、夢の世界に誘い込まれたみたいだ。

寄り添って歩くと、クラウディオのたくましさを改めて実感させられる。どちらかと言えば背の高いフェリアと並んで歩いても、彼はまったく見劣りすることない高身長だ。

茶色の盛装も、彼の野性味を帯びた風貌をより魅力的に見せている。

（……本当に、大丈夫かしら）

最初は怖いと思っていたけれど、今なら彼に惹き付けられる女性が多数いるであろうことも容易に想像できる。

彼に好意を寄せていた女性達からしたら、きっとフェリアの存在は面白くないだろう。

(とうとう来てしまった)

長い廊下を無言のまま歩き続け、どっしりとした扉の前に到着した。

「どうした?」

「す、少し……緊張しているだけです」

知らない人達の前に出ていくのは怖い。彼らがフェリアをどう思っているのか、間近で見せられるのは怖い。

「大丈夫だ。お前はそのまま堂々としていればいい」

クラウディオに導かれ、広間に足を踏み入れる。そのとたん、聞こえてきたのは大歓声だった。

「おめでとうございます!」

「やっと、陛下のお相手が決まったんですね!」

「なんて綺麗な方なんでしょう」

広間のあちこちから聞こえてくるのは、フェリアを歓迎してくれる声。

(本当に……? 本当に喜んでくれているの……?)

彼らが、クラウディオとフェリアの結婚を、喜んでいるのが伝わってくる。歓迎されているのだと、胸が熱くなってきた。

「ほら、大丈夫だっただろう」

「……はい」

他に、なんて言えばいいのかわからない。ただ、この国の人達が、歓迎してくれているというのだけが伝わってくる。

「先に言っておく」

フェリアの方に手を差し出したクラウディオが真顔になった。

「俺は、フェリア以外とは踊らない――お前も、俺以外とは踊るな。いいな」

「……クラウディオ様以外と踊るなと言うことですか？」

「そうだ」

そう言った彼が、少し照れくさそうな顔になる。フェリアは微笑んだ。

「それが、あなたの望みなら……喜んで」

今まで、幾度となくダンスはしてきた。王太子の婚約者であるフェリアと踊りたいと願う男性は多かったのだ。

けれど、こんなにも楽しいダンスは初めてだ。

無骨な外見に似合わず、彼のステップは軽やかだ。クラウディオは軽々とフェリアを振り回した。右に左に入れ替わり、ぐるりと回され、時には抱き上げられて、こんなステップまであったのかと驚かされる。

「すごい……！　すごいです、クラウディオ様！　こんな楽しいダンス、私初めて！」

王宮の舞踏会だというのに、この城の人達は誰も気取っていない。広間のあちこちで楽しそうな笑い声がして、その度にフェリアも楽しくなる。

「いい顔をしているな」

「ど、どんな顔ですか？」

「俺が今まで見た中で、一番楽しそうな顔をしている」

「今、とても楽しいです！」

宣言どおり、クラウディオはフェリアを放さなかった。

くるくるとフェリアを回したかと思ったら、高く持ち上げたり、抱きしめたり。ダンスが終わって、座りたいと言えば手際よく冷たい飲み物を持ってきてくれる。

そんなフェリアへの甘やかしっぷりを、周囲は温かく見守っているようだった。

一通りダンスをした後、熱くなった身体をさますためにテラスへと出た。当然、クラウディオも一緒だ。

隣に立ったクラウディオは、ぐいっと顔を近づけてきた。間近に彼の顔がせまって、どぎまぎとしてしまう。

今、どんな顔をしているんだろう。彼に顔を近づけられると、心臓がドキドキし始めるからやっかいだ。

少しずつ、彼に惹かれていくのも自覚している。

――けれど。

どうしても、一歩踏み出すことができないのは。いつか、彼の気持ちが離れるのではないかという不安があるから。

「俺が、お前を知ってからの時間はさほど長くない」

「そうですね。クラウディオ様がフォルスロンド王国にいらした時が初対面だから……まだ二週間ですね」

ごく自然に、彼はフェリアの肩を抱く。びくりと一瞬肩を跳ねさせてしまったけれど、逃げることはしなかった。

（ううん、私がこうしていたいから……）

いつか、彼の心が離れるのではないかと不安がっているのに、こうして身近に彼の体温を感じるとこのままでいいと思えてくる。

フェリアの方から、少しだけ彼の肩に体重を預けた。肩を抱いていた手が上げられて、大きな手が頬を撫でる。

触れられた頬が、じんわりと熱を帯びた。

自分の気持ちを制御できない――今のままではいけないのに、きちんとした距離を保つことができない。

「お前は、もっと自分に自信を持ってもいい。美しく、優しい心を持っているのだから」

「そんな風に言われると、恥ずかしいです……」

「恥ずかしがることはない。俺は、本当のことしか言わないからな」

本当のことだろうがなんだろうが、恥ずかしいものは、恥ずかしい。フェリアを引き寄せておいて、そのまま彼の手はゆっくりと頬を撫で続ける。いつまでも、こんな穏やかな時間が続けばいいのに。

「クラウディオ様……」

ふっと顔を上げたら、頬を撫でていた手に顎を固定された。すぐそこにある彼の顔から、目をそらすことができない。こんなにも至近距離で見つめ合うなんて、まるで、心の通い合った恋人同士みたいだ。

（……きっと、私が望みさえすれば――）

不意にそんな気持ちが芽生えてくる。間違いなく、フェリアさえ望めばクラウディオは関係を進めるだろう。

花嫁にすると強引に国から連れ去ったくせに、それ以降のクラウディオは、基本的にはとても紳士だ。彼の強引さは、フェリアが受け入れられるぎりぎりのところ。

フェリアに自分の気持ちを伝えることは忘れていないのに、こちらが一歩引くと、それ以上は追いかけてこない。

待たせてしまっているという申し訳なさ。

もっと、強引にされたらフェリアの方もなし崩しに受け入れてしまうのだろうけれど、クラウディオはそれをしない。

そう長くは待ってくれなそうな気もしなくはないが、あくまでも、選択権はゆだねてくれているのだ。

「──わ、私、その……」

どうしよう、睫毛が震えている。唇もだ。

目を閉じ、唇は薄く開いていて、これでは、完全に口づけを待っている表情だ。

恥ずかしいのに、顔をそらすこともできないし、目を開けることもできない。

(私……キスしたいって、思ってる……？)

認めざるを得なかった。

クラウディオにキスされたいし、抱きしめられたいし、もっと先の行為まで許してもいい──そんな思いがあるのを、認めざるを得なかった。

そして、クラウディオの方はフェリアの差し出した、そのサインに気づかないほど野暮ではなかった。

「んっ……」

唇が重ねられ、甘い痺れが背筋を走る。ただ、唇を触れ合わせるだけなのに、体中が熱くなって、蕩《とろ》けるようだ。

驚きのあまり目を開くと、一瞬唇が離されたかと思ったら、またクラウディオが顔を近づけてくる。

すぐそこにある彼の顔。彼の瞳に、自分の顔が映っている。

激しい羞恥心が押し寄せてきて、また、ぎゅっと固く目を閉じる。

「んぁっ……は、んぅぅ……」

また、唇が重ねられ、その唇が離されて、呼吸する間を与えられる。唇が触れ合う度に、彼の気持ちが流れ込んでくるみたいだ。夢中になって、フェリアの方からも彼を追いかける。

触れて、離れて、また、触れて。それから、ぶつかるような激しさで、さらに唇が重ねられる。

「クラウディオ様……私、どうしよう……」

いつの間にか、フェリアは完全に翻弄されていた。

クラウディオの気持ちは嬉しい。こうして、キスをしていると蕩けるような幸福感に満たされる。

「あ、待って――」

「待たない。俺を誘ったのはお前なんだぞ」

「それはっ、んんんっ」

どこまでクラウディオは進めるつもりなんだろう。

待たない、と言ったかと思ったら、強引に顎を摑んで逃げかけた顔を引き戻される。今度はぬるりと舌が入り込んできて、フェリアは身体を震わせた。

舌が搦め取られて、ぴりっとした快感が背筋を走る。ぴちゃりという水音が耳を打って、ますます羞恥心を煽《あお》られる。

「ふ――ん、あぁ……んん、あぁぁ……」

舌を絡ませられる度に、自分の唇からとんでもない声が上がっているのに気づかされる。

その声は自分でもどうかしていると思うほど甘ったるくて。こんな声を出すことがあるなんて、考えたこともなかった。

背筋を走る甘やかな痺れはどんどん強くなっていて、自分の身体を支えることができない。

倒れ込みそうになったら、もう片方の手が背中に添えられる。

「やっ……だめ――あ、ん」

口づけがさらに深められたかと思った次の瞬間には、クラウディオの親指が、背中を下から上へとなぞってくる。

身体を走る痺れと同じ感覚で刺激されて、力の抜けた身体はますます言うことを聞かなくなった。

必死にクラウディオに縋りつく。このまま、どこかに流されそうな気がして怖い。

(……本当に、いいの?)

もう片方の手が背中に回されて、強く抱きしめられた時に、頭のどこかから、そんな風に警告する声が聞こえてきた。

(感情のままに、突き進んでしまっていいの?)

はっとして、彼の胸に手を突っぱねる。

「ま、待って……ごめんなさいっ!」

逃げられないかと思ったけれど、案外すんなりと彼はフェリアを放してくれた。

「ごめんなさい……！」

クラウディオが何も言わないから、フェリアの目にじんわりと涙が滲む。

嫌じゃなかった――それなのに。

本当に、このまま進んでしまっていいのかという不安が、フェリアを支配しようとする。

（……だって、私は）

スカートを両手でぎゅっと握って、クラウディオを見つめる。

「待て――、フェリア。行くな」

これ以上、この場にいるのがいたたまれなくなって、クラウディオが引きとめるのも聞かずに逃走した。

◇◇◇

フェリアを呼び止めようとし、クラウディオはその手を下ろした。

（……早まりすぎた！）

注意深く、フェリアの様子をうかがいながら進めたつもりだったが、急ぎすぎたようだ。

頭に手をやり、ぐしゃぐしゃとかき回す。ひとつ、ため息をついてからフェリアを追いかけた。

彼女が身に着けていたドレスは、多数の人が集まっている中でもすぐに見つけ出すことができる。

室内を足早に進んだフェリアは、そのまま広間を出ていってしまう。

(――部屋に戻るつもりならいいんだが)

この王宮内は安全だが、念のためということもある。後ろを振り返ったら、その時改めて謝ればいい。

だが、フェリアは一度も振り返ることなく、ずんずん進んで部屋へと戻ってしまう。無事に戻ったことを確認し、またため息をついた。

(――まったく、何をやっているんだ俺は)

時々、妙にフェリアが自信なさそうな表情を浮かべるのは気づいていた。クラウディオから見れば、そこまでになる理由がわからない。

都に到着するまでのおよそ二週間。少しずつ距離を詰めてきたと思っていたのだが――。

自制心を欠いた自分にいらいらしながら広間へと戻る。一人で戻ってきたクラウディオを見たイザークは、静かにこちらに近寄ってきた。

「何かあったんですか?」

「……いや、別に」

怪訝そうな顔をして、イザークが近づいてきた。フェリアが出ていったのに、彼も目ざとく気づいていたらしい。

「まさか、ケダモノ化したわけじゃないですよね？」

「あー、してない……たぶん」

「たぶんってなんですか！　あなた何考えてるんですか！」

「面目ない……！」

フェリアの目の前で、冗談めかした口調ではあったけれど、イザークはたしかにクラウディオに釘を刺していた。その忠告を完全に無視したのは、クラウディオの落ち度だ。

「面目ないじゃないですよ、それを俺に言ってもしかたがないでしょう！」

忠実な副官はあきれた様子で首を振る。それを見ていたら、ますます反省の念が押し寄せてきた。

「……フェリアが可愛すぎるのが悪い」

「それ、言い訳にもなってませんからね⁉」

「わかっている。数日、頭を冷やす……」

自室へ戻る足取りが、重くなっているのが自分でもわかる。まったく、愚かなふるまいだ。

数日頭を冷やし、それからフェリアともう一度話をしよう。今は、落ち着くための時間が必要だ。

第四章　今宵、あなたに告白を

自分が悪いのは、よくわかっている。

フェリアは深々とため息をついた。

クラウディオを突き飛ばすようにして逃げ出してから三日。フェリアは中庭にいた。

彼は、フェリアをそっとしておいてくれるから、余計にいたたまれない気持ちになる。

今日のフェリアは、淡いピンクをベースにしたドレスを身に着けている。襟もとと袖のレースは、海を渡ってきたとても繊細な品だと、侍女頭が教えてくれた。

クラウディオから、フェリアのために最上の品を用意するようにと命じられたのだと教えてくれた。彼はそこまで気を配ってくれているというのに、フェリアときたら何をやっているんだろう。

（……クラウディオ様のことを、嫌なわけじゃないのに）

大事にしてもらっているのはわかっている。彼の気持ちに応えたいと思っているのも本当のこと。

それなのに、どうして、前を向くことができないのだろう。あの夜だって、彼の前から逃げ出してしまった。

「このままじゃ、嫌われちゃう……！」

「それはないと思いますけどねぇ……」

独り言に、のんびりとした声音で返事されて、フェリアは飛び上がった。

「イザーク、あなただったの……！」

振り返ってみれば、そこに立っているのはイザークだった。クラウディオの側近である彼が、この庭園にいるのは不自然でもなんでもないが、なんとも言えないタイミングで声をかけられていたたまれなくなる。

「……うちの大将は、そんなにころころ気持ちを変えたりしませんよ。フェリア様は、大将が見つけた、たった一人の女性なんだから」

「……問題は、私の方よ」

頭ではわかっているのに、気持ちの方がついてこないというのは、非常にやっかいだ。

クラウディオの気持ちを受け入れたい、そう思っているのに、いざとなると逃げ出したくなってしまう。

「お似合いだと思うんですがねぇ……」

「だって、怖いんだもの」

「ああ、顔が怖いですもんね、うちの大将」

「そうじゃなくて……」

どういえば、伝わるのだろう。フェリアが恐れているのはフェリア自身なのだと。

クラウディオの隣に並んで立つのにふさわしいのだろうか、自分は。

この国に来ても、不意に芽生えるその感情に意識を持っていかれそうになる。

「怖いのは、自分の気持ちが制御できなくなることなの。そんなことになったら、きっとクラウディオ様に迷惑をかけてしまうから……」

いつか、再び悪役令嬢と呼ばれることになるのではないか。そうなった時、母国にいた時のように冷静さを保っていられる自信がない。

「そういうものですか……うーん、それは俺にもちょっとわからないんですよねぇ……」

「そう言えば、どうしてあなたはクラウディオ様のことを大将って呼ぶの？　王様なのに」

ごまかすようにして話題を変えたけれど、イザークは迷うことなく答えてくれた。

「ああ、それは──俺が初めて大将と会った時に、『大将』だったからですよ。王子って呼んだら、嫌がられたので」

昔を懐かしんでいるような遠い目をしたイザークはくすくすと笑う。

この国の王族は、一度は南の大陸へと赴かなければならない。南の大陸から樽一杯の黄金を持ち帰らないと王族として認められないのだ。

クラウディオとイザークの出会いは、その時だったそうだ。

当時、クラウディオは大将という地位を預かって、海軍に所属していた。

「あの人は、本当は王になるはずじゃなかった。今でも、海に出たいと思ってるはずですよ」

「……そう？　ああ、でもそうかも……王様でいるのは、時々窮屈そうね」

「フェリア様は、よくわかってらっしゃる」

イザークが、嬉しそうに笑うのでフェリアもつられた。

「いつか――もう一度海に出るんだって。だから、俺はその約束を忘れてないって、もし、その時が来たら一緒に行くと、そう伝えてるつもりなんですよ」

少々、気まずそうな表情になって、イザークは頭に手をやった。

「あの人は、自分のためには何も望まなかった。兄王子が亡くなった後も、淡々とあとを継いで。あの人が望んだのは、フェリア様だけ――信じてやっては、もらえませんかね」

「信じてないってわけじゃ……」

そう言ったけれど、後ろめたくて視線が泳ぐ。

先日の自分の態度が誉められたものではないことくらいわかっていた。

「それなら、今夜にでもどーんと夜這いをかましてやってくださいよ」

「それはどうかと思うの……！」

なんてことを言うのだろう。

真っ赤になったフェリアを見て、イザークの笑いは今度はにやにやとしたものへと変化した。

「まんざらでもないんですねぇ、やっぱり」

「イザーク！　お願いだから……！」

だめだ、恥ずかしくて死ぬ。

羞恥で死ぬというのが世の中にあるのかはわからないけれど、そんな気がしてならない。

「そうそう。午後から遠乗りに出かけないかってお誘いですよ。もし、嫌じゃなかったら行ってやってください」

あの夜から、クラウディオと顔を合わせていないのは、彼が時間をくれたからだということはよくわかっている。

「……そうね。行きますって伝えてくれる？」

彼が遠乗りに連れていってくれるというのなら、きちんと彼に向き合ういい機会かもしれなかった。


午後になって、フェリアは乗馬用ドレスを身に着けて正面入り口へと向かった。

茶色の乗馬用ドレスは、自分の国から持ってきたものだ。クラウディオは気に入ってくれるだろうか。

（……私、何を考えてるのかしら）

王宮の長い廊下を歩きながら、フェリアは考え込む。クラウディオから逃げ出したくせに、誘われればいそいそと彼のもとに向かっている。

（気まずいのは、気まずいけれど……護衛の人達も一緒に来てくれるし、なんとかなるわよね、きっと）

けれど、指定された場所についたフェリアは目を瞬かせてしまった。そこにいたのが、クラウディオだけだったのだ。

それと馬が二頭。黒い馬の方が少し体格がよく、茶の馬は細身だ。

「……クラウディオ様しかいらっしゃらないのですか⁉」

「イザークと他何人かが護衛に来るが、少し離れたところから守らせている」

「そうですか……」

イザークがいてくれたら、少しは気が楽になるのではないかと思ったけれど、きっとそれは甘えだ。

それきり言葉が出なくなってしまった。クラウディオの方も、必要以上にフェリアを急かすつもりはないようだ。

フェリアが乗るように言われたのは、茶色の馬だった。

「俺が先に行く。あとからついてくるといい」

「は、はい……」

並んで馬を進めるのかと思ったら、クラウディオが先に行く。

用意されている馬は、よくしつけられているようで、フェリアの命令にも素直に従う。安心して乗っていることができ、先に行くクラウディオの様子をうかがう余裕も生まれてきた。

城の門を抜ける時に、ちらりと見れば、イザーク達があとからついてくるのが見える。少し距離を開けているのは、邪魔をしないようにという心配りか。

城の門を出て少し行くと、城下町へと出た。

たくさんの人達が行き来していて、時々クラウディオに声をかけてくる。

「……陛下！」

「お綺麗な人ですね！」

馬上のクラウディオに、町の人達が次から次へと声をかけてくる。それを見ていると、なんだか胸のあたりがほんわかしてくるのはなぜだろう。

（……クラウディオ様は、こんなにも町の人達に好かれている）

町の人達が、クラウディオに向けている視線は、信頼に満ち溢れている。そんな彼らの視線を正面からクラウディオが受け止めているのに気づいて、フェリアもまた誇らしい気持ちになった。

こうやって城下町に出るのに、クラウディオは慣れているようだった。人々も、クラウディオの邪魔をしないように、声をかける時には適切な距離を保っているようだ。

（……こちらを見ている）

先を行くクラウディオは、時々肩越しにちらりと視線を向け、フェリアの様子をうかがう。先を行くと言っても、気にかけてくれているのが伝わってくる。

この国に来た時は馬車の中から見ただけだったけれど、この町は活気に溢れているようだ。町を通り抜け、人とぶつかる心配がなくなると、クラウディオはフェリアの方へ馬を寄せてきた。

何を言われるのだろうと、思わず背筋が伸びた。あの夜のことを謝らなければと思うのに、焦るばかりで言葉が出てこない。

だが、クラウディオはフェリアに謝らせなかった。何事もなかったように、にやりとしてみせる。

「あそこの丘まで走れるか？」

「もちろんです！」

あの夜のことは、なかったような顔をしてフェリアも返す。クラウディオに向かって、きちんと笑えていたので安堵した。

もちろん、一度はきちんと話をすべきだろうが、今はまだその時ではないようだ。さらにクラウディオはフェリアをそそのかしてきた。

「――俺と、どちらが速いだろうな」

「試してみます？」

そう、挑戦的に眉を上げてしまったのはなんでだろう。フェリア自身にもわからないがクラウディオの前では素直に感情を出しても許されるような気がした。

無言のまま、クラウディオは左手で先に行くようフェリアを促してきた。

どうやら、ハンデをくれるつもりのようだ。

（……私、けっこう乗馬は得意なんだけど）

むくむくと芽生えてきたのは、競争心。フェリアだって、やる時はやるのだ。

「……負けませんからね！　行って！」

クラウディオの方に挑戦的に言い放っておいて、馬に全力で行くよう命じる。風を切って走る感覚が心地よい。

首の後ろで束ねただけの髪がふわりとなびく。馬は、よくしつけられているだけではなく、賢かった。

フェリアの意思をあますところなくくみ取って、迷うことなくクラウディオが指示した丘めがけて走る。

ちらりと後ろを振り返って確認すれば、追いかけてくるクラウディオの方はまだ余裕だ。彼の馬も体力をだいぶ残しているようだ。

「もう少し速く――お願い！」

フェリアの声に応じて、馬はますます速度を上げた。周りの景色が、流れていくようだ。

丘を一気に駆け上り、勝利を確信した――かと思ったら、すぐ側を大きな影が走り抜けていった。

「――危なかった。申し込んだ勝負に負けるところだった」

「もうっ！　私の勝ちだと思ったのに！」

先ほど後方を確認した時には、クラウディオの馬には、ほとんど体力が残っていないのではないかと思ったけれど、そうはうまくいかないらしい。

あと少しというところで、クラウディオに負けてしまった。なんとなく面白くなくて、フェリアは頬を膨らませながら、馬から降りた。

（……けれど）

ここまで全速力で馬を走らせたことで、もやもやとしていたものが晴れたようだ。クラウディオの方を見れば、片手に馬の手綱を持ち、もう片方の手で頭をぐしゃぐしゃとかき回している。

「――この間は、すまなかった」

真顔で彼がそんなことを言うから、フェリアは目を瞬かせた。この間、というのがいつのことかフェリアもちゃんとわかっている。

けれど、クラウディオからの謝罪なんて、期待していなかった。詫びるならば、フェリアの方が先だと思っていた。

少なくとも、嫌ではなかったし――雰囲気に流された自覚もあるが、フェリアの方からもキスしてもよいというようなサインを出していたのも否定はしない。

「あ、あの……私、私の方こそ、ごめんなさい」

詫びの言葉が、するりとフェリアの口をついて出る。

別に、嫌なわけではなかった。彼を嫌だと思ったのではなく、少し驚いただけ。

「嫌では、なかったんです……その、どうしましょう……」

自分の口から説明するのは、ものすごくはしたないような気もする。けれど、クラウディオとぎくしゃくしているのも困る。

「驚いた……というのが一番近いと思うんです。そ、その……男女のことには、私うとくて……」

（どうしよう……！）

説明しながらも、耳がどんどん熱くなってくる。

（男女のことにうといとか、私、何口走ってるのよ……！）

十歳になる前にヴァレンティンとの婚約が成立してしまったから、それ以上は恋愛からは遠いところに身を置くようにしていた。

ヴァレンティンの方は、フェリアにそういった意味での興味はなかったし、抱きしめられたのも口づけられたのもクラウディオが初めてだ。

だが、今、クラウディオの前でわざわざ言葉にする必要もないことを口にしているのも、本当のことで。

慌てているフェリアをじっと見ていたクラウディオは、小さく息をついた。

「そうか。俺が、焦りすぎたか」

「それより、びっくりしました。でも……嫌だった、わけでは」

自分でもどうかしていると思う。婚約が解消されて、まだひと月もたっていない。それなのに、元の婚約者には感じなかった感情が、クラウディオに対しては芽生えてくるのだ。

相手は今までろくに話をしたこともなかった隣の国の王様だし、フェリアより二十も年上だ。

——それなのに。

きっと、クラウディオはわかってくれるだろう。フェリアが何を言いたいのか。

だから、今、胸のうちにあるすべてをどれだけつたなくても吐き出してしまえばいい。

「嫌、じゃないです。私……あなたのこと、きっと好きになります。それから、この国のことも……」

それから、なんて言えばいいんだろう。彼に気持ちを伝えるのに、適切な言葉が見つからないのがもどかしい。

「そうか」

「だって、とても美しいから……ここにいたら、きっと私も変われるような気がするんです」

丘の上から見る都は、とても美しかった。行きかう人達は、皆生き生きとしていて、明るい。フェリアのことも、嫌な顔をせずに受け入れてくれて、この国でならきっと幸せになれるような予感がした。

背中に腕が回され、クラウディオの方に引き寄せられる。唇が重ねられたけれど、今度は逃げようとは思わなかった。

◇◇◇

一度はすれ違いかけたけれど、クラウディオとの生活はいたって順調だ。

クラウディオの方も、フェリアのペースに合わせてくれる。何かあれば、抱きしめたり、キスをしたりとスキンシップが過剰なのは否定しないが、キスは唇を触れ合わせるだけ。

あの夜のように、性的な意味合いを持つキスはかわしていない。

侍女達にも下がってもらい、一人自分の部屋にこもったフェリアは、両親からの手紙を読み返していた。

クラウディオが両親のもとに使いを出してくれて、フェリアがこの国に来てからふた月過ぎようとしている現在、縁談を進める方向で動いているようだ。

(……お父様も、賛成なのね)

父からの手紙には、大賛成だと書かれていた。ヴァレンティンがフェリアとの婚約をなかったことにしたやり方が相当気に入らなかったらしく、国王には苦情を申し立てるつもりでいるそうだ。

すぐにでも会いに来たいと手紙には書かれていたけれど、父には父の仕事がある。

そのかわりというわけでもないのだろうが、フェリアの手元には、花嫁衣装に使えそうな布やレースが大量に届けられていた。

クラウディオへは、見事な馬や、黄金の宝飾品などを贈ったそうだ。クラウディオはそれを喜んで受け取ってくれた。

(明日こそ、きちんとお返事しないと。お父様もきっとそれを望んでいるし)

この国に来たばかりの頃、イザークが教えてくれた。

自分のためには何も望まなかったクラウディオが唯一望んだのがフェリアだったということを。

それを光栄だと思う半面――少し、怖いとも思う。

(信じていないわけではないの……私は、クラウディオ様のことが、好き)

クラウディオがフェリアに寄せてくれる好意を信じていないわけではない。フェリアの方も同じだけの気持ちを返したいと思っている。

それでも、一歩踏み出すことができないのは、やはり王に嫁ぐという重圧なのかもしれなかった。

国を一つ背負う重圧が、どれほどのものかフェリアはよく知っている。王家の人間ではないけれど、王家の人間のすぐ側で、ずっとそれを見てきた。

だから、クラウディオが海に出たいという気持ちを抑えて王としての責務をこなしている責任感も自分のことのように理解できるのだ。

(……私は、クラウディオ様を支えることができる？)

問題は、その一点なのだ。クラウディオの側で、彼を支えていくことができるだろうか。

窓の外を見てみれば、海の上にいくつか明かりが揺らめいている。夜漁をしている漁師の舟だろう。

隣はクラウディオの部屋だが、今は彼はそこにいないはずだ。今夜は、国内の有力貴族達との食事会だと聞いている。

クラウディオが、この場にいないのを物足りないと思ってしまった。きっと、今夜は彼に会うことはできないだろう。

（……クラウディオ様を支えることができるかどうか、ではないわ。やるしかないんだもの……気持ちに嘘はつけないわ）

明日の朝、一番で返事をしよう。生涯、クラウディオの側にいたいのだと。

窓の近くにクッションを運び、そこにリュートを持って座る。

しばらくの間演奏する機会もなかったが、たしなみの一つとしてリュートを演奏することができた。

久しぶりに楽器を手に取ったのは、気分を落ち着けたかったからかもしれない。

膝の上にリュートを抱え、弦を爪弾く。ポロンと澄んだ音が鳴って、思わず口元をほころばせた。

ここに譜面はないけれど、暗譜している曲は何曲かある。最初は一曲弾いて終わりにするつもりだったのが、二曲、三曲と弾いているうちに夢中になっていく。

「うまいものだな」

思いがけない声が聞こえて、飛び上がりそうになった。立ち上がって、声の方を振り返る。

「ど、どこから入ってきたのですか？」

「どこからって、普通に扉から入ってきたが」

どうやら、あまりにも夢中になっていて、扉が開かれるのにも気づかなかったようだ。

明日の朝、彼にきちんと返事をしようなんて考えていたものだから、顔を見た瞬間心臓がドキドキし始めた。

「私ってば、いらしてるのに気づかなくて……どうぞ、座ってください」

慌ててソファをすすめたけれど、クラウディオはそれでは不満なようだった。自分でクッションを取り上げ、フェリアの座っていたクッションと並べるようにして床に置く。

「もう少し、聞かせてくれ」

「は、はい」

クラウディオの前だと、手が震える。なじんだ楽器のはずなのに、上手に弾くことができない。

はっと息をついたら、クラウディオの腕の中に抱え込まれていた。背後からフェリアを抱きしめるようにして、クラウディオは肩に顔を埋める。

「見られているから、緊張するんだろう。見ていないから、弾いてくれ」

見ていないからとはいえ……すぐ側にクラウディオの体温があると落ち着かない。

(なのに……でも、安心してしまうってなんだか不思議……)

クラウディオの腕の中は、今では一番安心できる場所だ。右肩に乗せられた彼の顔の重みさえ、フェリアを安心させてくれる。

ひとつ、大きく呼吸をしてリュートを構えなおす。最初から、演奏を始めたら、今度はすんなりと最後まで弾くことができた。

「もう一曲」

「……はい」

月の明かりの下で、望まれるままに何曲も奏でる。

五曲ほど演奏したところで、フェリアは楽器を置いた。

このままではいけないのだとなんとなく理解している。

フェリアは首を傾けて後ろを見た。

——何が起こるのか、フェリアはちゃんとわかっている。わかっていて、自分からそうするものだと思った。

「クラウディオ……様……」

睫毛を震わせ、こわごわと彼の名を呼ぶ声は甘い。顔を見上げる勇気は持てなくて、自然と目を閉じていた。

クラウディオの方に顔を向けたままでいると、クラウディオの手が顎をとらえてきた。

「ふっ……んん……」

唇が触れ合わされただけで、腰のあたりにくすぐったいような感覚が走る。もう片方の手が身体にますます強く巻き付けられて、逃げ出せなくなる。

自然とフェリアの唇は開いていて、クラウディオに誘いをかけていた。大丈夫、今日は大丈夫だ。

「あっ……はぅ……んん、んぅ……」

容赦なく入り込んできた舌は熱かった。フェリアの口内を我が物顔で暴れまわる。口内で舌を左右に揺さぶられたら、耳の奥に淫らな水音が響く。

「……ずいぶん、積極的なのだな」

「や、違う……そんな、んじゃ……」

からかうような声音で言われて、急に羞恥心が込み上げてくる。クラウディオの腕から逃げ出そうとしても、彼はそれを許さなかった。

顎をとらえていた手が後頭部に回され、ますます深く口づけられる。わざと水音を立てて口内をかき回されたらもう抵抗なんてできなかった。

ぬるつく舌をフェリアの方からも積極的に擦り合わせながら、クラウディオの身体にますます体重を預けてしまう。

かくんと力が抜けたら、そのままクッションに押し倒された。

「……俺はお前が欲しい。他の誰にも渡したくない。フェリアは——俺のことをどう思っている？」

「わ、私は……私は、あなたが……」

フェリアは視線を落とした。クラウディオのことは好きだ。好きだと思う。

——けれど。

どう言葉にすれば、クラウディオに伝わるのだろう。

今まで自分が置かれていた環境と、あまりにも違いすぎて。

だから、どうふるまうのが正解かもわからなくなる。

「……好き」

結局、震える唇から出たのはそれだけだった。

クラウディオのことが好きだ、好きだけれど、彼がフェリアに向けてくれる好意には遠く及ばない——きっと。

「そうか。それなら、遠慮しない。お前のすべてをもらう」

それがいいか悪いかさえも聞いてはくれない。それは、とても傲慢なことであるはずなのに、今のフェリアはそれさえも嬉しかった。

「……私で、いいですか?」

「フェリア以外の女はいらない」

きっぱりと宣言されて、胸の奥がどうしようもなく熱くなった。

(この人は、私だけを見てくれる……)

何をしてもうまくいかなかった頃とは違う。クラウディオだけではなく、この国にいるすべての人達がフェリアを受け入れようとしてくれている。

「……それなら、私を連れ去って。あなた以外、誰も見えないところに」

今、言えるのはこれが精いっぱいだった。背中にあたるクッションの柔らかな感触。見上げたところにあるクラウディオの顔。すぐそこにある体温も。

何もかもが愛おしくて、この世界には自分とクラウディオしか必要ない。そんな考えさえ浮かんでくる。

「そんなことを言われたら、遠慮しないぞ」

ちゅっと音を立てて額にキスされたら、くすぐったさが広がる。つい、くすくすと笑ったら、クラウディオも小さく笑った。

たいしたことではないはずなのに、どうしようもない幸福感がフェリアの全身を包み込む。自ら唇を開いて誘いをかける。その誘いに乗ったクラウディオは、我が物顔でフェリアの口内を蹂躙《じゅうりん》し、唇の隙間からはひっきりなしに喘ぎが零れた。

「やぁっ……ん……」

唇が離され、物足りな気な声が漏れる。そっと首筋を撫でられ、ぞくぞくとした感覚が広がった。

こちらを見下ろすクラウディオの瞳に宿るのは、情欲の光だろうか。その光に射抜かれて、背筋が震えた。

「ここでは不便だな――来い」

不意に横抱きにされ、慌ててクラウディオの首に両腕を絡めて縋りつく。

しっかりと摑まったクラウディオの身体はとてもしっかりと筋肉がついていて、見ているだけでもそれは知っていたはずなのにどうしようもなくドキドキした。

ベッドまで運ばれ、意外なほど静かにそこに下ろされる。クラウディオが続いて乗ってきて、二人分の体重を受けたベッドがぎしりと音を立てた。

(あ、本当に……クラウディオ様に全部……)

その音で、ようやく本気で理解したような気がした。自分が、クラウディオにすべてを捧げようとしていることを。

だが、それはフェリアの身体に、自分でも意識していなかった欲望の火をともすきっかけになった。

クラウディオのすべてが欲しい——自分でも驚くべきことに、強くそう願ってしまう。

「わ、私、どうしたら……？」

そう問いかけてしまったのは、この空気をどうにか壊したいからかもしれなかった。

すぐそこにクラウディオがいて、彼の腕の中にしっかりと抱え込まれていて、逃げる場所なんてない。

逃げたいなんてまったく思っていないはずなのに、本能的に食べられるような気がして落ち着かない。

「お前は、そのままでいい……細いな、ちゃんと食べているか？」

「た、食べています……！　クラウディオ様がいない日も、ちゃんと食べています」

「お前は食が細いからな。ほら、腕なんか俺の半分より細いんじゃないか」

「それは、クラウディオ様が鍛えているからでしょう……！」

クラウディオは、自分が側にいられない時の様子は、侍女達に聞いているようだと今理解した。そして、侍女達もまたこまめに報告を入れているようだ。

大切にされているのだと、今この瞬間にも新しく知らされて、ますます胸がどきどきしてくるのを抑えられない。

「……あんっ」

大きな手が首筋に触れ、思ってもいなかった行動に声を上げてしまう。指先が首筋や耳元をかすめていくだけで、ぞくぞくとする感覚が走り抜ける。

こんなにも、繊細な触れ方をする人なんて、想像していなかった。

「ふっ……あっ……あんっ……クラウディオ様……あっ」

無言のまま、クラウディオはフェリアの身体に手を這わせてくる。

焦らすような繊細な手つきで柔らかな乳房を撫で回し、手のひらでその頂《いただき》を擦り上げてくる。フェリアが身体を捩れば、その動きに合わせて豊満な乳房が揺れた。

身体から力が抜けて、ベッドに身体が沈み込んでいくような気がする。両手で強くシーツを握りしめたら、反らした喉にキスされた。

「はうっ……ん……」

唇でそっと触れられるだけで、口づけられた場所がざわめくような気がする。身体をくねらせたら、背中のボタンが一気に外された。

ぎゅっと目を閉じ、肩からドレスがずり下ろされるのを自覚する。

(大丈夫、大丈夫だから……)

たぶん、前世の知識がある分、フェリアはものすごく『耳年増』ではあるだろう。クラウディオが何を望んでいるのか、実際に経験したことはなくとも、なんとなくわかる。

だから、袖が抜かれて、下着ごと腰まで引きずり下ろされても、抵抗なんてしなかった。

「すごいな、綺麗な身体だ」

「そういうことを言わないでくださいっ！」

自分の身体について言及され、思わず目を開く。クラウディオの目が、まじまじと自分の身体を見ているのに気づいて、ぞくりとするような感覚に見舞われた。

そのぞくぞくも嫌な感じではないが恥ずかしい。フェリアはごくりと息を呑み込んで、シーツを引き寄せたけれど、その手はクラウディオの手に払い落とされた。

「み、見てはだめです……！」

じっくりと見られるなんて、想像したこともなかった。

クラウディオの視線が、フェリアの顔を見つめ、それから肩やシーツの上に散らばる銀髪、形のよい鎖骨に、呼吸に合わせて上下する乳房。それから、腰の方へと移動していくのをただ耐え忍ぶ。

「フェリアは俺のものだ、そうだろう？」

「そ、そうかもしれませんけれど……」

それは否定できない。彼のものになりたいと思った。だから、こうしているわけではあるが、まさか素肌をじっと見られるとは思ってもいなかった。

「……あ……あぁっ！」

むき出しの乳房に触れられて、思わず背中をしならせる。

両手で両胸をしっかりと包み込まれ、根元から全体をじっくりと揉み解される。

そうしながら、指の根元に挟み込んだ頂を震わされれば、身体の芯までどろりとした愉悦が流れ落ちた。

「……はっ……ん、……あぁそれだめっ！」

懇願むなしく、片方の頂にクラウディオの顔が寄せられる。指に挟まれ、根元からきゅっと飛び出すようにされたそこに舌の先で触れられたら、反射的に足を跳ね上げてしまった。

「はっ……ん、だめ、だめってば……！」

交互に胸の頂に口づけられ、舌で押し込むようにされる。そうされる度に、じれったくて、足がもぞもぞとシーツをかき乱した。

「だめ？　いいの間違いだろう──俺の前で嘘をつくな」

「う、嘘じゃなくて──あぁぁんっ！」

指が外されたかと思ったら、硬くなった先端が、完全に口内に吸い込まれる。舌で転がしながら吸い上げられ、顎をのけぞらせて、悲鳴にも似た甲高い声を張り上げてしまった。

「う、嘘じゃない……だめ、になる……か、らあぁぁっ！」

今度は両胸を、同時に指で挟まれ捻られる。二か所から同時に送り込まれてくる感覚に、つま先がぎゅっと丸まった。

クラウディオとこうやって触れ合うのは気持ちいい。今、与えられているのが快感だと認識している。

けれど、その快感がフェリアの身体を作り変えてしまいそうで怖い。自分の身体がどうなるのか、まったく想像もつかない。

はぁはぁと息を乱していたら、スカートがいきなり捲り上げられた。

「やっ……そこ、そこも見てはだめっ」

感じれば、その場所がどうなるのか知っている。今の今までシーツの上でのたうち回っていたのだから、その場所がどうなっているのかも想像できた。

「いや、見ないで……！」

慌てて膝を擦り合わせようとするも、クラウディオの方が速い。膝の間にクラウディオの肩が割り込んで、閉じることも許されない。

「あっ……ん、あぁ……！」

切ない声を上げて、身を捩った。頭の先まで羞恥に満たされて、このまま消えてしまいたくなる。それなのに、腿の内側をすっとなぞられれば、身体はフェリアを裏切った。なぞられただけで、あらぬ場所がひくひくとする。下着が濡れたような感覚を自覚したから、ますますいたたまれなくなる。

「んんんっ……はっ、あぁぁっ！」

次に与えられた刺激に、大きく目を見開いた。腰が跳ね上がり、手足をぴんと突っぱねる。

「お前は感じやすくていいな。もっと乱れさせたくなる――フェリア、俺だけを見ていろ。今から俺のすることに逆らうな」

「わ、わかってます……き、きちんとします……」

シーツを摑んでいた手に、ますます力を込めた。クラウディオを怒らせたいわけではないし、彼のすることに逆らうつもりもない。

「今のは俺の言い方がきつかったか？」

「い、いえ……大丈夫、大丈夫です……でも、少し、怖い……」

「それでいいんだ。俺の前では、思っていることをすべて言え」

この人は、どうしてこんなにもフェリアのことをわかってくれるのだろう。今まで、自分の想いを素直に口にすることはできなかった。それは、フェリアの立場では好ましくないとされていたから。

王太子の婚約者として、常に品位ある立ち居ふるまいを。淑女の仮面を外すことは許されず。それなのに、王太子の周囲の人にはあしざまに言われて――。だから、クラウディオの言葉が、こんなにも嬉しい。

「……クラウディオ様なら、いいです。何をしてくださっても、かまいません」

シーツを引き寄せて、露わな上半身を隠しながらそう言えば、クラウディオが額に手を当てた。

「そういうことを言うから、困る。いいな、俺は手加減はできないぞ」

手加減ってなんだろう……と、考える間もなく、濡れた下着に手がかかる。一息に足先から抜かれ、無防備な場所をクラウディオの目の前にさらけ出してしまう。

「んっ……」

好き、だけど、怖い。人に見せるものではないという認識だったし、その認識は今でも間違っていないはずだ。

もどかし気に靴下留めが外され、靴下もそのまま下着の後を追う。シルクの靴下が、肌を撫でる感覚でさえも今のフェリアには快感でしかなかった。

「あっ……クラウディオ様……」

「痛い思いはさせない。いいから、そのまま感じていろ」

「——あっ！」

脚の付け根を指先がかすめる。そのとたん、そのすぐ側にある秘所が甘くわなないた。切なさのようなものが込み上げてきて、吐息を零す。

「——ここ。ここが濡れているということは、俺を感じてくれているんだろう」

「あ……あっ、あっ…」

クラウディオの指が蠢く度に、花弁の奥が切なく震えて、新しい蜜が溢れ出る。彼はさらにその奥に隠れている淫芽に狙いを定めてきた。

溢れる蜜をまぶした指で、そこをつつかれると、激しい悦楽が頭の先まで突き抜けてくる。喉をそらし、思うままに快感の声を上げげた。

「んんっ、ふっ……あん……あっ、あっ」

十分気持ちいい。それなのに、身体は貪欲だ。もっと、腰がうねって、より強く感じる場所を自ら探し求める。

「やだ……あっ、もうっ……」

敏感になっている芽に触れられる度、腰が跳ね上がってしまう。フェリアの方は息も絶え絶えになっているのに、クラウディオの方は冷静だ。

硬くしこった淫芽の先に、クラウディオは指先でくるくると円を描き始める。与えられる刺激が変わったら、フェリアはもう抵抗することなんてできなかった。

下腹部がずきずきと疼き、その疼きは蜜となって滴り落ち、クラウディオの指やシーツを濡らす。

「はぁっ……ん、あっ、あ、あぁぁんっ」

指の動きに合わせるように腰が揺れる。シーツを両手で強く摑んだまま、全身が小刻みにぴくぴくと痙攣《けいれん》した。背中を浮かし、突き出した乳房までクラウディオを誘っているかのように淫らに揺れる。

強く目を閉じたら、瞼の裏で白い閃光が走り抜けた。腰の奥で渦巻いていた官能の高ぶりが大きく弾け、身体が急激に上昇する。

「あっ——あ、あぁぁあんっ！」

部屋の空気を震わせた声は、あまりにも甘くて切なかった。震える声でクラウディオの名を呼び、力の抜けた手を懸命に伸ばして縋りつく。

「クラウディオ様……お願い……一人にしないで」

それは、あまりにも切実な願いだった。

このままクラウディオの側にいたい。でも、それが許されるのか——まだ、確信が持てない。

「一人になんかするものか。お前は、俺のものだ。だからずっと、俺の側にいろ」

命じる言葉はとても傲慢なのに、柔らかくフェリアの気持ちを溶かしていく。本当に、このまま、ここにいてもいいのだろうか。

唇がまた触れ合わされて、びくんと身体を跳ねさせた。今味わったのが絶頂だというのは、なんとなく理解している。この先に、もっと深い快感があることも。

「まだ、大丈夫だな?」

そう問われて、頬を染めながらも黙ってうなずく。今与えられた歓喜はあまりにも大きくて、一瞬意識が飛びそうになったけれど、クラウディオの側にいられるのだからまだ大丈夫だ。

「ひっ……ん……、だ、大丈夫……」

「よし、それなら——指は入るな」

たっぷりと蜜をまとった指は、柔らかくほころんだ花弁の間にやすやすと入り込んだ。けれど、体内に異物を受け入れたことなどあるはずもなく、今与えられた快感よりも、とまどいの方が大きい。

「変な、感じ、が、します……」

クラウディオに身体にしがみついたまま、懸命に訴えた。不快というほどのことはないのだが、中をまさぐる指の動きに、つい、息をつめる。

「そうか。変な感じか……ここはどうだ」

「そこは、いや……です」

誰も到達したことのない場所は、クラウディオの指にもまだなじんでいない。角度を変え、場所を変え、中を探られるけれど、妙な感覚ばかりが送り込まれてくる。

クラウディオは眉間に皺を寄せながらも、中を探る指を止めることはなかった。抜き差しされる度にたっぷりと蜜が溢れ出してシーツを濡らし続けるけれど、フェリアの口からは、ときおり苦痛一歩手前の声が漏れるだけ。

「クラウディオ様、ひょっとして……」

自分の身体は、どこかおかしいのではないだろうか。そんな気になって、声を上げかけた時だった。

「――あぁっ！」

指の先が、ある一点を擦り上げたとたん、フェリアは大きくのけぞった。今まで指で中を探られてもまったく感じなかったのに、その一点は違う。

「そうか、ここがお前のいいところか。見つけるのに少し時間がかかってしまったな――ほら、もっと突いてやろう」

「やぁっ、あっ、あぁぁんっ……あーっ！」

今までが嘘みたいに、次から次へと快感が送り込まれてくる。フェリアはシーツの上で身を捩った。

その場所を突き上げられる度に、どうしようもないくらいの感覚が送り込まれてくる。

足のつま先をぎゅっと丸め、その感覚をやり過ごそうとするも、クラウディオは容赦しなかった。

一度指が引き抜かれたかと思ったら、今度は二本になって戻ってくる。容赦なく中をかき回され、上がる嬌声は止まるところを知らない。

クラウディオは人差し指と中指を深く蜜壺に埋め込んできて、そのまま奥を突き上げるように律動を送り込んできた。

「あぁんっ、あっ……そこ、いやっ！」

指の腹を使って弱いところを擦り上げられ、その度にフェリアは甘ったるい声を張り上げた。

このまま、溶けてしまうかもしれない。そんな感覚に見舞われるけれど、クラウディオからは逃げることなんてできない。

それだけではなかった。内部の弱点を突き上げながら、親指の根元で敏感な芽が震わされる。

内と外、違う種類の喜悦が一度に送り込まれて、ますますフェリアは乱れた。

身体の動きに合わせるように、豊満な乳房が揺れる。

「あっ……もう、そ、そんなことをしたら……！」

硬く尖った乳首を摘まれ、指先できゅうっと引っ張られる。反対側の乳首はクラウディオの口内に含まれ、舐められ、軽く歯を立てられ、舌で強く押し込まれる。

ありとあらゆる場所を刺激されて、フェリアの目に涙が浮かんだ。これ以上は耐えられそうもない。

弾ける——弾けてしまう。

「あぁぁっ！」

喉を反らせて、高々と声を響かせた。こんなにも乱れてしまうなんてどうかしている。

限界まで反らされた背中が、ぐったりとシーツに沈み込む。

快感を極めることを覚えたばかりの身体は、次から次へと絶頂を味わわされて、体力は限界に近づこうとしていた。

「待って、クラウディオ様……もう、無理……」

息も絶え絶えになってフェリアは訴えたが、クラウディオの方は聞く耳を持たない。

指が抜かれたかと思ったら、花弁の合わせ目を優しくなぞられる。

撫でられただけなのに、蜜口が切なく収縮する。その奥の方が、じんじんと脈打つように疼いていて、このままでは終われないのだとフェリア自身に訴えかけてきた。

ぬるりと指が差し込まれ、中の様子を探られる。それにもまた敏感に反応して、唇からは悩ましい吐息が零れ落ちた。

「そろそろ、俺を受け入れられそうだ。もう少しだけ、頑張れるか？」

「……は、い……」

もう無理だと訴えかけたばかりのその口で、もう少し頑張れると返してしまったのはなぜだろう。

身体だけではなく、心でもクラウディオを受け入れたいと思ってしまったからだろうか。

「あっ……く、んぅ……」

いつの間に衣服を脱ぎ捨てたのか、クラウディオもまたすべてをさらけ出していた。彼の身体に一瞬目をやり、自分の身体とはあまりにも違うのに驚く。

目を閉じていたら、指よりももっと太く熱いものが脚の間にあてがわれた。それだけでまた、身体の奥がきゅんとする。

じっくりと溢れた蜜をまぶすように、何度もそれが秘所を往復する。先端が敏感な芽をかすめる度に、フェリアの口からは喘ぎが漏れた。

腰の奥が、じりじりとするのが止まらない。

「はや、く……」

負けたのはフェリアの方が先だった。まだ男を受け入れたことなどないはずなのに、身体は完全に高ぶっている。

蕩《とろ》けた声でねだれば、上にいるクラウディオが小さく笑った気配がした。

「お前からそうねだられるのは悪い気がしないな」

「知りません……」

こんな時に、そんな意地悪を言うなんてひどい。眉尻を下げて首を振れば、クラウディオが動きを変化させてきた。

「んっ……く、あっ……」

表面を撫でるだけだった肉棒が、角度を変えて中へと押し入ろうとしてくる。さんざん解かされた蜜洞は、それを歓迎して中を蠢《うごめ》かせたけれど、フェリア自身は混乱した。

「はっ……ん、……大きい……」

思っていたよりも、はるかに太くて長い気がする。みしみしと隘路《あいろ》を開かれていく感覚に、縋るものを求めた手が、クラウディオの両腕を摑む。

「……痛いか。もう少しだから我慢してくれ」

「それは、大丈夫……違う、大丈夫じゃなぁ、い――！」

言葉の最後は叫ぶようになってしまった。きついながらもなんとか受け入れられると思っていたのに、一気に押し入られたら痛みが脳天へと走り抜ける。

あまりの衝撃に、大きく目を見開いたまま口をぱくぱくとさせた。自分の身体が、違うものへと作り変えられていくみたいだ。

「……泣くな」

「泣いてません！」

今の涙は生理的なものだ。だって、あまりにも痛かった。

クラウディオと一つになりたいと思っていたのは間違いないのに、自分の身体が恨めしくてぼろぼろと涙が落ちる。

「……フェリア。俺の、大事な女」

頰を撫でながら、そんな風に言うのもズルい。何がズルいかもうわからないけれどとにかくズルイ。だって、そんな風にされたらフェリアは絶対にかなわない。

「い、痛いのは最初だけだって聞いてるから……もう大丈夫……あぅ」

強がってみせても、開かれたばかりの身体は、またクラウディオには完全になじんだわけではない。身体を動かした拍子に、思ってもいない場所を擦り上げられ、快感とも不快とも言い難い感覚に、妙な声が漏れた。

「そうだな、次からは痛くはないだろう。そのかわり――」

耳朶《じだ》を甘噛みされ、反射的に肩が跳ね上がる。そのまま耳朶に舌を這わせながら、クラウディオは続けた。

「次からはもっともっとどろどろに蕩けさせてやる。俺以外、見えないように」

恐ろしい宣言のはずなのに、フェリアの心はそれを喜んでいる。その証拠に、そうささやかれただけで、内側がきゅっと収斂《しゅうれん》した。

クラウディオの形を覚え込もうとしているようにわなないた媚壁は、たくましい肉棒をもっと奥へと招き入れようと誘うように蠢き始める。

「もう慣れてきたか」

「そ、それはよくわからないのですけれど……」

でももう痛みは覚えていない。ということは、慣れ始めているということなのだろう。痛みは疼痛へ、それから快感一歩手前の感覚へと変化し始めている。

「……あっ」

もう一度身じろぎしたら、身体がかすかに快感の予兆をとらえた。それは、クラウディオにも伝わったようだ。

「そろそろ動くぞ」

という短い宣言と共に、彼は先端近くまで腰を引く。物足りなさに奥が蠢いたかと思ったら、再び最奥まで突き入れられた。

ゆるゆるとした彼の動きに合わせ、媚壁が切なくざわめく。たしかに快感の予兆はとらえているのに、今度は上手に達することができない。

もどかしくて、身体をくねらせると、クラウディオはフェリアの頬を撫でた。

「どうした。不満がありそうだな」

「わ、わからない。わからないの……」

どうすれば、この感覚を快感に昇華することができるのかわからない。ぐずぐずとくすぶるそれを、どう処理したらいいいんだろう。

どうしようもなくて腰を浮かせたら、今までとはまるで違う勢いで突き入れられた。とたん、けたたましい嬌声が唇を割って迸《ほとばし》る。

最奥を穿《うが》たれ、頭が痺れるような激しい歓喜に思考が完全に失われる。

一番感じる弱い場所を手加減なしに攻められ、すさまじいばかりの悦楽が腰の奥から全身へと広がって弾ける。

「あっ……あぁっ、あっ、あっ、あっ！」

突き入れられる度に、短く上がる歓喜の声。この快感を最高の形で絶頂へと導くことしか考えられない。

いつの間にか手も足もしっかりとクラウディオに搦めていて、彼の動きに完全に動きを合わせていた。

「いいな、フェリア。お前は、俺のものだ――」

激しくフェリアを揺さぶりながら、ささやきかけてくれる声が愛おしい。

フェリアを抱きしめる腕に今まで以上の力が入ったかと思ったら、ぐっと腰が押しつけられる。

本能的に、クラウディオが解放の時を迎えようとしていると知り、フェリアもまた縋る腕に力を込めた。

低く彼が呻いた瞬間、身体の奥で熱いものが弾ける。それを意識の底で知りながら、フェリアも最後にもう一度だけ上り詰めた。

「ん……は、ぁ……」

ふわりと浮き上がった身体が沈み込んでいくような感覚。くたりとシーツに身体を投げ出したら、今までの激しさが嘘のようにそっと抱き込まれた。

「愛しているぞ、フェリア」

その言葉が、今は何よりも嬉しい。

同じ言葉を返そうとしたけれど、声にはならない。幸せの笑みを浮かべながら、そのまま眠りに落ちた。

第五章　疑似新婚生活は幸せいっぱい！

フェリアと気持ちが通じ合って以来、世界が一段と明るく見える。自分でも単純だと思うが、事実なのだからしかたない。

クラウディオは、自分の気持ちにはとことん正直な男であった。

「……陛下が、若返った気がする……！」

「もともと若いだろ」

「いや、そうじゃなくてつやつやしてるんだよ……！」

執務室に大量に持ち込まれている書類をせっせと片付けていたら、同じ部屋で仕事にいそしんでいる文官達がひそひそとささやき合っているのが聞こえる。

若返った気がするとは、なんという言い草だ。

あれから毎晩、フェリアの部屋に押しかけて一緒に休んでいるのは否定しないが、フェリアがあまりにも可愛らしいからこれまたしかたのないことだ。

出会ったばかりの頃とは違い、頬を膨らませてみたり、目を丸くして、内心の驚きを素直にあらわにしてみせたり。

フェリアが着けた淑女の仮面が、一枚一枚剝がれ落ちていくのを見るのも楽しい。

早く仕事を終わらせて、二人で甘い時間を過ごすのもいい。最初のうちは恥じらっているくせに、どんどん快楽に溺れていくフェリアの表情を見られるのはクラウディオだけの特権だ──と、自分がしまりのない顔をしかけていたのに気づき、慌てて表情を引き締める。

それは、それ、これはこれ、だ。今は目の前の仕事に集中しなければ。

（ああ、そうか──そう言えば、試しの航海が終わったんだったな）

クラウディオは、目の前にある紙を取り上げて考え込む。十年も前から、最高の素材を揃えて作り始めた船を海に出しての試験がちょうど終わったところだ。

最高の船にすべく、予算も時間も惜しまなかった。ちょうどそのタイミングでフェリアに出会ったのだから、やはり運命というものは存在するのかもしれない。

「イザーク、明日明後日のフェリアの予定はどうなっている？　家庭教師は今日だったな」

「──明日は休養日ですね。明後日は、家庭教師の講義が入っています」

「講義は延期できるな。俺も明日は一日空いている」

自分のスケジュールを頭の中で確認すれば、明後日は市場の視察が入っているが、それ以外に人と会う予定はない。

このところ、早くフェリアのところに戻るために仕事は常に全力で仕上げているから、一日二日、留守にしても問題はなさそうだ。

ちらりと窓の外に目をやる。

海に出る者として、クラウディオも天候を読むことくらいはできる。明日も明後日も、天気が崩れる心配はしなくてよさそうだ。

「イザーク、頼みがある。一泊で出かけたい」

市場の視察は、帰りにフェリアも同行すればいい。彼女は、町中の人達と触れ合うのを嫌がらないし、むしろ好む傾向にある。

市場の視察への同行は、彼女も喜んでくれるはずだ。

「かしこまりました。すぐに手配しますよ」

イザークはすぐに立ち上がる。フェリアと丸一日一緒にいるのは久しぶりだ。

（――となれば、やるべきことはさっさと片付けておくか）

その気になれば、仕事の速度などいくらでもあげることができる。フェリアと出かけている間、邪魔が入らないように前倒しにできる仕事は全部やっつけておくことにした。

◇　◇　◇

クラウディオについていくと決めた。

結ばれたことを何一つ後悔していない。

国王の結婚ともなると、準備にある程度の時間は必要だ。結婚式は半年後と決められて、フェリアはその準備に追われている。

結婚式と言われても、まだ実感がわいてこない。その日が近づいてきたら、フェリアの気持ちも変わるのだろうか。

(幸せ……よね)

クラウディオは、まっすぐにフェリアを愛してくれる。その気持ちに応えると決めたのだから、今さらうじうじしてはならないのだ。だが、幸せだと言い聞かせていないと自分の気持ちがふらふらしてしまうような気がしてならない。

王太子妃となるための教育は受けてきたが、それはあくまでもフォルスロンド王国の王太子妃としての教育。

この国の王妃になるのであれば、勉強し足りない部分もたくさんある。だから、クラウディオに頼んで、週に三日、家庭教師を派遣してもらうことにした。

半年ではどこまで進められるかわからないが、結婚後も来てもらえればフェリアの勉強に役立つだろう。

今日は教師が来る予定もなかったので、部屋で一人のんびり刺繍をしているところだ。

前世では刺繍なんてしなかったが、今世では貴族令嬢のたしなみとして身につけたということもあり、なかなかの腕前だ。

普段使いのシャツの襟に刺繍を施すのは、恋人や妻の役目だと侍女達に教えられて、内緒でクラウディオのシャツの襟に刺繍をしているところだ。

喜んでくれればいいけれど、そんな習慣なんて軟弱だと思っていそうな気もする。

彼からは頼まれなかったので、勝手に進めてしまったが、まだ嫁いだわけでもないのに気が早すぎたかもしれない。

（……悪くない出来だわ）

完成したシャツを見て、ほっと息をつく。

青い糸と白い糸を使い、波模様を襟に刺繍した。比較的刺繍は得意だが、クラウディオのシャツに刺すのだと思ったら、いつも以上に気合いが入ってしまった。

「フェリア様、陛下から、明日の予定は延期するようにとの連絡がありました。そのように手配しておきます」

「どうしたの？　何か問題でもあったかしら」

侍女頭が入ってきて、フェリアの前で頭を垂れる。

「イザーク殿がいらしてます。陛下からの伝言をお持ちです。詳しい話は彼から聞いた方がよろしいかと」

「そうね、では、通してもらえる？」

一礼して引き下がった侍女頭は、すぐにイザークを連れて戻ってきた。

「クラウディオ様に、何かあった？」

「いえいえ、たいした話じゃないんですよ。うちの大将が、フェリア様と一緒に出かけたいそうで」

「そうなの？　嬉しい。最近、一緒にお出かけすることってなかったから」

この国に来てすぐの頃、馬を走らせに行ったのを含めても、クラウディオと出かけたのは数回だ。

もちろん、王宮内ではしばしば顔を合わせているし、あれ以来、毎晩のように二人で一緒に休んでいるから顔が見られなくて寂しいというわけではない。

食事も毎回は無理にしても、極力一緒にとるようにしているので、一緒に過ごす時間が少ないというわけでもないのだ。

それに、クラウディオが忙しいのもよくわかっているし、フェリア自身、この国になじむために懸命な努力を重ねているところだ。出かけられないからといっても文句を言うつもりもなかった。

刺繍の終わったシャツに視線を落とし、顔を上げてにっこりとすれば、イザークも満面の笑みを返してくれる。

「フェリア様がその気になってくれたんで、俺達の仕事もだいぶ楽になりましたよ。あの人、ものすごくやる気出しているので」

「そう……？　私は、何もしていないけれど……クラウディオ様は、いつも一生懸命だと思うわ」

フェリアの目から見れば、クラウディオはいつだって一生懸命に王としての役目を果たしていると思う。

彼の本心をイザークに聞かされてからは、そんな彼を支えたいという思いも強くなっていた。

「フェリア様の存在そのものが大事なんですって。そのシャツ、きっと喜びますよ」

そんな風に言われたら、ほんのりと顔が赤くなってしまう。

単純なんだ――と恥ずかしくなる半面、そんな気持ちになれるのも嬉しい。

この世界に生まれ落ちて以来、恋心なんて自分には縁のないものだと思い込んでいた。

「喜んでくれるかしら？」

「もちろんですとも！」

イザークの力強い返事を受けて、まずは安堵した。

「どこに行くのか聞いている？　お茶会ならお茶会用のドレスだし、慰問ならそれにふさわしいドレスを選ばないと」

「そうですねぇ……詳しいことは言うなと命令されてるんですが、お茶会でも慰問でもありません。街に出るので、動きやすい服がいいと思います。それから、一泊しますのでその用意も。そちらは侍女に俺から話しておきます」

「内緒？　ますます楽しみ」

街歩きをするとなると、地面に引きずる長さのスカートはやめた方がよさそうだ。

くるぶし丈の外出用ドレスに歩きやすいブーツを合わせることにしよう。

イザークが部屋を出ていくのを見送ると、フェリアは急いで立ち上がった。控え室で待機するようにと頼んでいた侍女達を自分の部屋へと呼び寄せる。

「午後から出かけることになったから、外出用のドレスを全部出してくれる？　帽子もあった方がいいのよね、きっと。ええとそれから……」

今日はのんびり過ごすはずだったのに、急に慌ただしくなった。

クラウディオの目には、少しでも自分を綺麗に——そうでなければ愛らしく見せたい。そんな欲張りな感情もまた生まれてくる。

結局、それからの時間はドレスを選ぶのと身支度に費やしてしまい、大慌てで昼食を済ませるとすぐに出発の時間だった。


迎えに来たイザークに連れられ、フェリアは正面の出入り口へと向かった。そこには、クラウディオが待っていた。

今日の彼は、白いシャツと茶のズボン。暑いのか、上着は腕に持っている。

シャツの袖を肘の上まで捲り上げているから、よく鍛えられたたくましい腕に思わず目が吸い寄せられた。

(クラウディオ様の腕は、とても力強いから……)

今朝も彼は朝までフェリアを離そうとはしなかった。抱きしめられた腕の力強さを思い出し、慌てて首をぶんと振る。

今は、そんなことを考えている場合ではなかった。頬が熱い。

「どうした、フェリア。顔が赤いぞ」

「こ、これはっ……クラウディオ様が素敵……だから……!」

昼間から不埒な想像をしていたことは気づかれたくない。真っ赤になって、クラウディオの腕を叩く。

「そうか？　今日のフェリアも、とても可愛らしくていいと思うぞ」

今日はベージュの外出用ドレスを選んだ。襟は茶のレースで茶のリボンを胸元に結んでいる。真珠の飾りボタンがついた黒いブーツも、ベージュのドレスによく似合っている。ドレスと同じ布で作られたつばの広い帽子は、日差しから顔を守ってくれる。帽子に結ばれているのは、胸元のリボンとお揃いのリボンだ。

たしかにいつもより少し可愛らしさを強調した装いだ。

「そ、そんなっ……ありがとう、ございます……」

クラウディオが、まっすぐにフェリアを誉めてくれるのにはどうしても慣れることができない。恥ずかしさばかりが先に立ってしまうのは、もうどうしようもないいんだろう。

上半身をかがめ、フェリアの耳元に唇を寄せたクラウディオはささやいた。

「似合っているが、今すぐお前に触れたくなって困る」

「……もうっ、そんなことばかり言わないでください……！」

また、顔が真っ赤になったのはきっと彼に気づかれている。

彼に触れられるのは嫌ではないから、困ったものだ。

向かい合って馬車に座る。外出は久しぶりなのに、いつもと同じ行動を取っているように感じられるのは、クラウディオと密着して過ごす時間が長くなったからかもしれない。

最初、母国を出発した時には、こんな風に穏やかに彼と向かい合うことができるとは想像してもいなかった。

（……どうして、こんなに素敵に見えるようになったのかしら）

最初のうちは怖かったのに、今はその恐怖心も完全にどこかに行ってしまっている。きっと、これは彼のおかげなのだ。

「どこに連れていってくださるんですか？　街歩きをするとイザークからは聞いているのですが」

「それは明日だな。まずは港でお前に見せたいものがある」

そういうクラウディオは、今日はいつも以上に上機嫌なようだ。フェリアの方を見てにやりとする。

（見せたいものって、何かしら）

「港までは、馬車で十五分くらいでしたよね」

「すっかり、俺の国になじんでくれているんだな」

クラウディオが嬉しそうに目を細めるから、反応に困る。

（そういう顔を見せられたら……もっと好きになっちゃう……）

向かい側の席に座っていたクラウディオが、片方の手を伸ばしてきた。その手で、フェリアの顎をとらえる。

もう、すっかり彼との生活にはなじんでいるから、彼が何をしようとしているのかフェリアにもわかる。

目を閉じて、唇を薄く開く。完璧にキスを待つ顔になっているが、先にキスをしかけてきたのは彼の方だ。

目を閉じていても、向かい側の席から彼が身を乗り出してくるのがわかる。もう少しで唇が触れ合う。

そこまで来た時だった。

がたんと馬車が停車し、それと同時に扉が大きく開かれる。

「つきましたよ――おっと失礼！」

ぎょっとしてフェリアは飛び上がった。顎を固定していた手から逃れ、慌てて、何事もなかったふりを装う。照れ隠しのようにスカートを引っ張り、整えているふりをした。

もう十五分たったのか。

「イザーク！　お前な！」

「俺も、他のお供も気にしないので、ごゆっくりどうぞー！」

「わざとやってるだろう！」

また、ばたんと音がして扉が閉じられた。

（ごゆっくりどうぞと言われても――！）

外の人達を待たせるわけにもいかない。

「お、降りま――んんっ」

降車を促しかけた言葉は、途中で止まってしまった。クラウディオの唇が、フェリアの唇を塞いだから。

「んんっ、んぁっ」

唇を熱い舌でなぞられて、思わず肩がぴくんと跳ねた。けれど、クラウディオはそこまでで止めた。

「ごゆっくりと言われると、逆に落ち着かないな」

「だ、だからって今しなくても……！」

フェリアはクラウディオの腕をぽかぽかと叩いたが、彼にとってはそんなの痛くもなんともない。

フェリアの方もそれをわかって叩いているから、顔を見合わせてくすくすと笑ってしまう。

やはり、クラウディオとの距離は、思いきり変化しているようだ。

彼に手を取られて馬車を降りると、港には何隻もの船が、停泊している。

大きな木造の船には、立派なマストが何本も立っている。今は、白い帆は畳まれていた。

「――すごいですね！　どの船もとても綺麗……」

「そうだろう。俺の自慢の船達だからな」

「これ、全部王家の船なのですか？」

「そうだ。南の大陸との交易は、王家が船を提供している。実際の商売は、商人達に任せるがな」

これは、国策の一環なのだとクラウディオは教えてくれた。

たしかに交易は一攫千金ではあるけれど、商人達にとっては船が沈んだ時の犠牲はあまりにも大きい。

それで、船は王家が貸与するという形を取り、商人達を保護する政策を取っているのだそうだ。

「もっとも、南の大陸との交易だけだ。さすがに、すべての交易にまで王家の保護は与えられない」

停泊している船を見ているクラウディオの目が細められる。彼の目にあこがれのようなものが浮かんでいるのにフェリアは目ざとく気がついた。

(昔のことを、思い出しているのかしら)

イザークに聞かされたことを思い出した。

クラウディオは、海に出ることを何よりも望んでいた、と。王になってからは、その望みも封じてしまって、一生懸命王の務めに身を捧げている。

(——だけど)

不意に、クラウディオがどこか遠くに行ってしまうのではないかと恐れる気持ちが芽生えてくる。

フェリアは、もう一歩だけ彼の方へと身を寄せた。そうして、そっと彼の腕に自分の腕を絡める。

「人前で、フェリアの方から寄ってくるのは珍しいな」

指摘されて、赤くなった。今の自分の子供みたいな不安なんて、クラウディオには見せたくない。

「嫌でした？　嫌なら――」

「嫌なはずないだろう。年甲斐もなく襲いかかりたくなるのが困る」

「そういうことばかり言うんですね！」

なんというか、クラウディオは自分の欲望にとても素直だ。

ただの欲情ではなく、フェリアへの愛情が込められているのがわかるから、怒る気なんてまるでないけれど。

「今日は港の見学なんですね」

この国にとって、港はとても重要な施設だ。それを考えれば、もっと早く見学に来てもよかったかもしれない。

「いや、それだけではないんだ。お前に見せたいものはこちらにある」

腕を絡めたまま、クラウディオに連れられて歩く。並んで歩く二人に、港で働いている人達がひやかす声をかけてきたり、大きく手を振って来たり。

それにフェリアの方も、手を振って応える。恥ずかしいけれど、それ以上にこの国に受け入れてもらえたという方が嬉しいのだ。

（立派な王妃にならなくちゃ）

そんな決意のようなものまで芽生えてくる。やがてクラウディオが足を止めたのは、港の一番奥だった。そこにはまた一隻の船が停められている。

「どうだ、いい船だろう」

「……すごい！　今まで見た船の中で一番……一番綺麗、です」

口から出たのは、素直な賞賛の言葉だった。クラウディオの指した船は、他の船と比較すると、一回り小さく見えた。

だが、フォルムは力強くも優美で、まだ使われていないのであろう真っ白な帆が目に眩しい。

そして、船首のところに飾られているのは、美しい女性の像だった。

海の女神アデルミナの像だ。大きな貝を両手で差し出している女神の姿。貝の中央にあるのは、大きな真珠だ。木製の像なのに、真珠が光り輝いて見えるほど素晴らしい出来だった。

「——こんな美しい船、見たことがありません」

今、口にしたのと同じような感想になってしまったけれど、この美しさを表す適切な言葉は見つからなかった。自分の語彙の少なさを内心で嘆きながらも、船から目を離すことができない。

「この船の名は、『フェリア』という」

「……え？」

フェリアは目を瞬かせた。クラウディオは、船にフェリアの名をつけた。

この美しい船に自分の名がつけられていることを誇らしく思うけれど、女神はそれに腹を立てたりしないのだろうか。

「いいのですか？　女神は怒りませんか？」

「怒らないさ。女性を船に乗せないという慣習はあるが、もう一つ言い伝えがある。真に愛し合う二人なら、女神は祝福してくれて航海の安全が守られるんだ」

「そうなんですね……」

その言い伝えについては知らなかった。フェリアの母国でも、海を越えての交易は行われているが、この国と比較すると王族貴族が直接関わるというわけでもない。

あくまでも交易の中心は商人達で、船も商人が用意するのだ。王家や貴族の家は、そこに資金提供をするのがせいぜいで、海の女神の言い伝えについても、クラウディオ達程は詳しくない。

「だから、この船にフェリアの名をつけた。俺が、真に愛した女の名前だからな」

こういう時、なんて言えばいいのだろう。

嬉しすぎて、適切な言葉を見つけることができない。ただ、クラウディオの言葉で胸がいっぱいになり、涙が溢れそうになるのをしきりに瞬きしてごまかそうとした。

「いつか、行ってみたいです。南の大陸に――あなたと一緒に」

そう口にするくらいなら許されるだろうか。こちらを見るクラウディオが、ますます表情を柔らかくする。彼の瞳の奥に、見たことのない南の大陸の光景が広がっているような気がした。

（……許されるのなら、本当にいつか一緒に行ってみたいけれど……）

「でも、こんな船をいつ用意したのですか？　船の建造って時間がかかるのでしょう？」

照れくささを隠すように、フェリアは話題を変えた。フェリアと指を絡めるようにして手を繋いだクラウディオは、自慢げに船を見上げながら返してくる。

「この船の設計を始めたのは、十年ほど前かな。いつか、乗せてもいいと思える女に出会えたら、その名前をつけようと思っていた。実際に作り始めたのは二年前だが――思っていたよりも、運命の女に出会うのに時間がかかってしまった」

（そんな大切な船に、私の名前をつけてくれるなんて……）

彼は、本当に理想の女性を探し求めていたのだ。自分が、その理想にふさわしい女性であるかどうかはわからないが、彼の期待を無駄にしてはいけない。

「ありがとうございます、クラウディオ様。嬉しい。とても……嬉しい」

「結婚式が終わったら、この船を南の大陸に向かわせよう。お前のために、樽一杯の黄金を運ばせる」

「黄金なんていりませんよ？」

クラウディオに寄り添って、フェリアの名をつけられた船を見上げる。この船が、海に出たら、どれだけ美しい光景になるのだろう。

青い海、そこに煌めく太陽の光、きっと白い帆も光を反射して眩しく輝くはずだ。

「お前には、お前の体重と同じ重さの黄金以上の価値がある」

「……ちょっと、だめです！　ここでは……」

たしかに身を寄せたのは、フェリアの方からだったけれど、彼にこんな風にされたら困る。

腰に遠慮なく手を回したクラウディオは、まるで周囲に見せつけるようにして、フェリアの頬にキスをしかけてきた。

「二人の時ならいいんだな？」

「そうではなく！　ああもうっ！」

今、周囲にいるのはクラウディオの連れてきた護衛か、船乗り達ばかり。

遠慮なくひやかす声が上がって、真っ赤になったフェリアはクラウディオの腕から逃げ出した。

「そういうことばかりするから……！」

恥ずかしさのあまり、握った拳をぽかりとクラウディオの胸に叩きつける。ヒューッとひやかすような口笛が響いて、いたたまれなくなった。

けれど、クラウディオはフェリアのその反応が嬉しかったようだ。

叩きつけられた拳を、大きな両手で包み込む。

「わかったわかった。お前を可愛がるのは二人の時にする」

「そうではなくてですね⁉」

時々、意図的にフェリアの言葉を聞かなかったことにしてしまうのだから困る。フェリアはそっとクラウディオの顔を見上げた。

こちらを見下ろしている彼と正面から目が合って、どぎまぎする。まさか、こちらが顔を上げるのがわかっていたんだろうか。

「クラウディオ様！」

非難するような声を上げてしまったのは、ちゅっと額にキスされたから。「もうっ」と口の中でつぶやいたけれど、悪い気はしないのだからフェリアもクラウディオと同類だ。

「この船に乗ってみたくないか？」

思いがけないことをクラウディオが言い出して、フェリアは首をかしげた。そう言えば、イザーク達はせっせと船に荷物を積み込んでいる。

何を積み込んでいるのか、フェリアは教えてもらっていない。

「乗るって……？」

「あの島に向かう」

クラウディオが指さしたのは、向こう側に見える島だった。さほど距離はなさそうだが、島に行ってどうするのだろう。今から行ったら、夕方になってしまうのではないだろうか。

「……今日中に帰ってこられます？」

「いや、今日は向こうに泊まる」

それで理解した。一泊分の荷物が用意された理由を。

「行きます！　行きたいです！」

せっかくの誘いを断る理由もなく、フェリアはうきうきと船に乗り込んだ。

「わあ、風が気持ちいいですね――！」

船から転げ落ちないように、クラウディオにずっと手を掴まれてはいるが、抵抗するつもりはない。フェリアは船首のところに立って、前方を見つめていた。

きらきらと海面が輝き、海鳥達が海面に急降下しては、魚を掴んで飛び上がる。大きく張られた帆は風を受けて、船は順調に進んでいた。

「どうだ、いい船だろう」

「はいっ、そう思いますっ！」

クラウディオは自慢げだし、フェリアもそんな彼の様子を見ていると微笑ましく思えてくる。

ゆっくりと海上を進んだ船は、やがて島へと到着した。渡し板が砂浜へと伸ばされ、クラウディオが先頭に立って降りる。フェリアも手を引かれて彼に続いた。

「ここは、どういう場所なんですか？」

港からは二時間ほどだろうか。島には人の気配はなく、無人島のようだ。

「ここは、王家の持ち物だ。基本的に、俺の許可を得た者しか入ることはできない」

「そうなんですね」

「例外はあるがな。漁師達が、砂浜で休憩することくらいは目こぼしすることにしている」

砂浜は、白い砂で埋め尽くされていて、ここまで船を操縦してきたクラウディオの部下達が、荷物を降ろし始めた。

クラウディオはフェリアを連れて、奥の方へと進んでいった。

「ここは、俺達の保養の場も兼ねている。この先に温泉が湧いているんだ」

「温泉！」

思わず声が上がる。

温泉に入るという習慣は、こちらではあまり見られないものかと思っていた。

病気になったり、怪我をしたりした人が療養のために温泉地に向かうことはあっても、健康な人が旅行で温泉地に宿泊するというのは聞いたことがなかったから。

「……すごい！」

人の気配がない道を歩いていくと、小さな建物が見えてくる。その建物の側には、湯量の豊かな温泉が湧いていた。

「荷物、中に運んでおきますね！　すぐに夕食の支度をするんで、準備ができた頃合いを見て戻ってきてください」

荷物を持って、後からついてきたイザークがそう声をかけてくれる。その後ろにもう二人荷物を持った人がいて、彼らは建物の中へと消えていった。

「全員が泊まるには、建物が小さくありませんか？」

「ここに泊まるのは、俺とお前だけだぞ。あとのやつらは、砂浜の近くに寝場所がある」

「ふ、二人きり……！」

二人きりなどと言われれば、つい、不埒な想像をしてしまってもしかたない。

そんなフェリアに向かって、クラウディオはにやりとした。

赤くなった顔を隠すように、ぷいと顔を背ける。何も、そんな目で見なくてもいいではないか。

「中の様子を見てみるか」

最初に入ったのは、フェリアのために用意された部屋だった。

王宮の部屋に置かれている白一色に塗られた家具とは違い、家具は白木で統一されていてナチュラルな雰囲気だ。

窓にかけられているカーテンも、ベージュの軽やかなもの。

ベッドもいつも休んでいるような天蓋付きのものではなかった。そのかわり、天井から薄いレースのカーテンが下げられていて、望めば周囲を囲うことができるようになっていた。

(すごく、可愛い……!)

この世界に生まれてからの貴族の常識からすれば、ちょっと重厚感には欠けるかもしれない。けれど、まるで童話の世界のような可愛らしさで、にこにことしてしまう。

それに、こんなナチュラルな雰囲気の部屋は、前世の莉子が少しばかりあこがれていたインテリアにも似ていた。

「このお部屋も素敵!」

「そうか？　気に入ったならよかった。寝具も月に一度程度手入れの者が来ているから、安心するといい」

「……ありがとうございます。でも、どうしてここに連れてきてくださったんですか？」

「フェリアをあの船に乗せたかったんだ。それに、王妃になるための準備で、このところ忙しくしていただろう。たまには、のんびりするのもいいと思ったんだ」

「そんなに忙しくはなかったですけれど……クラウディオ様と、こうやって過ごすことができてうれしいです」

クラウディオの腕に自分の腕を絡めて、隣の部屋に向かう。そこは、クラウディオの使う部屋で、フェリアの部屋とは内扉で続いていた。

「お前は、どちらの部屋で寝たいんだ？」

「な、何を言うんですか！」

そうやって、意地悪な問いかけをしてくるのだから、やっかいな相手だ。でも、その問いかけを嬉しいと思ってしまうから、フェリアもまた単純だ。

「どうする？」

「クラウディオ様と……一緒がいい、です……」

にやにやしながら重ねて問われ、あっさりフェリアは降参した。クラウディオと一緒にいる時間は長くなったのに、彼の前ではいつも赤面させられてしまう。

フェリアの返事に気をよくしたらしいクラウディオは、満足した様子でフェリアを抱え込むと、唇を重ねるだけのキスをしてくれた。

建物じゅうを探検し、浜辺に戻った時には、夕食の支度はほとんどできていた。いや、支度をするというのとはちょっと違うかもしれない。

砂浜に大きく火がたかれ、その火で肉や魚などを焼いている。その火の側には炭がおこされ、網の上でも何か焼いているようだ。バーベキューのようなものだと思えばいいだろうか。

すでに第一弾の肉は焼き上がっていて、皆、思い思いに砂浜のあちこちで肉を頬張っている。

「——俺を待たずに始めるとはいい度胸だな！」

とは言ったものの、クラウディオも笑っているので本気で機嫌をそこねているわけではなさそうだ。

「……お前の分は別に用意させている。少し、待て」

「私も、あれを食べてみたいです」

フェリアが指さしたのは、今、焼き上がったばかりの骨付き肉だった。

両手で持ってしっかりとかぶりつかないといけないない大きさだ。実際、クラウディオの部下達は、肉の油で手をべたべたにしながら食べている。

「手がべたべたになるぞ。気にならないのか。お前用には、食べやすく切ったものを用意させてあるんだが」

「クラウディオ様も、気になさらないでしょう？　私も、気にしません。皆と同じものが食べたいです」

「そうか」

クラウディオが、目のあたりを柔らかくして、フェリアは胸がどきりとするのを覚えた。

こんな風に、ドキドキしていたら、心臓がいくつあっても足りない気がする。

木の皿に載せられた骨付き肉を、両手で持ってかぶりつく。塩気もちょうどよく、香辛料の香りが食欲をそそる。

「――あっつい！　でもおいしい！」

滴り落ちる油が顎を汚して、フェリアは慌ててハンカチで拭う。砂浜に敷かれた敷物にぺたりと座って、指についた油は手で舐めて、行儀が悪いけれど楽しい。

ここでは、ワインも木製のカップに注がれる。それから、ビールもふるまわれていて、浜辺は大騒ぎだった。

「お前は嫌がると思ったんだがな」

「どうして？　とても、楽しいですよ」

フェリアの言葉に、嘘はなかった。クラウディオと一緒にいられて楽しい。

酔っぱらったクラウディオの部下達が、大騒ぎしているのを少し離れた場所から見ているけれど、彼らが本当に楽しそうだから、フェリアの胸もまた温かくなる。

「クラウディオ様」

「どうした？」

「私、とても幸せなんです。皆とこうやって過ごすことができて……幸せ」

自分の国にいた頃は、こんな経験はできなかった。骨付き肉にかぶりつくこともなかったし、ただ網の上で焼いただけの貝を食べるなんてこともなかった。

何より、クラウディオが側にいてくれるのが一番嬉しい。

「クラウディオ様も食べるでしょう?」

「俺は、そちらの豚肉にするか」

今度は、甘辛いたれをつけて焼いた肉だ。こちらもかなり大きく、クラウディオはそれを手づかみで食べた。

(こういうのって、本当は行儀悪いんだけど……)

ヴァレンティンの婚約者だった頃は、こんなふるまいは許されなかった。

クラウディオと出会ってから、どんどん淑女の仮面を外しているけれど、この国の人達はそんなフェリアも受け入れてくれる。

フェリアのカップにもワインが注がれ、次から次へと焼き上がった食材が運ばれてくる。

(野菜は……足りないかも)

ちらりとそんなことが頭をよぎったけれど、今日くらいはいいかと思い直して、焼かれた肉や海の幸を堪能する。

十分お腹も満たされて、今度は少し眠くなり始める。クラウディオの肩にもたれかかってうとうとしていたら、優しく揺さぶられて起こされた。

「起きないなら、抱えていくぞ」

「お、起きます起きます!」

飛び上がるみたいにして立ち上がる。あたりを見回してみれば、完全に日が落ちていた。

それはよいのだが、酔っぱらったクラウディオの部下達が、砂浜のあちこちに転がっている。今日は暑いくらいだからこのままでも風邪をひくことはないだろうが、起こしてあげなくていいんだろうか。

「あの人達は、あのままでいいのでしょうか？」

「今夜は雨も降らないだろうし、あとでイザークが起こして回るから大丈夫だ」

「イザークも大変ですね」

クラウディオの部下達を束ねる立場にあって、イザークが任されている役割はかなり大きい。完全にクラウディオの意思をくみ取ることができる貴重な存在だ。

クラウディオは片手にランタンを持ち、もう片方の手でフェリアの手を引く。あたりは暗いけれど、クラウディオの後についていけば大丈夫だと確信を持つことができた。

「……ここは、明かりがついているのですね」

先ほど見た温泉の側にランタンが置かれ、あたりはほんのりと照らされている。温泉を囲むように置かれているし、今夜は月が丸いから、足元が不安定になることはなさそうだ。

「……寝る前に風呂に入るか。潮風でべたべただろう」

「え？　あ、ああ……そうですね。少し、べたべたするかも……きゃっ！」

べたべたするから、寝る前に入浴したいというのはわかる。だが、なぜ、フェリアの衣服をクラウディオが脱がせにかかっているのだろう。

「ちょ、待って！　待ってください！　ひ、一人で入れ――きゃあああっ！」

「そんなに騒がれると、悪いことをしているような気分になってくるな」

別に悪いことをしているわけでもないのだが、クラウディオに脱がされるのはものすごく恥ずかしい。

なのにあっという間に下着だけにされてしまって、フェリアはじたばたとした。

「こら、そんなに暴れるな」

「そういう問題ではありません！」

付き添いの使用人はいないけれど、クラウディオはまったく気にしていなかった。抵抗も無駄で、下着まで奪われる。その合間に自分の服もぽいぽいと脱ぎ捨てているのだから、クラウディオの器用さには驚かされる。

じたばたしても無駄な抵抗で、そのまま抱えて洗い場まで連れていかれてしまった。

「ほら、ここに座れ」

「す、すすす座れと言われても！」

洗い場には、木製のベンチのようなものが置かれていて、その側には石鹸だのスポンジだのも用意されている。

強引にそこに座らされ、フェリアは両手で身体を隠すようにした。いくらなんでも、これは恥ずかしすぎる。

そんなフェリアにかまうことなく、クラウディオは湯を桶に組み上げると、鼻歌まじりにスポンジに石鹸を擦りつけて泡立てている。

彼はまったく自分の身体を隠すことはしていなかったから、様子をうかがうこちらの方がどぎまぎとしてしまう。

視線をそらし、見ないようにしているつもりなのに、視線はつい彼へと引き寄せられる。太い腕、広い背中。彼の身体は全身鍛え上げられていて、彫刻のように美しいというだけではなく、実戦的な筋肉がついている。

また、ちらり、と目を向ける。立派な胸板、綺麗に割れた腹筋——それから。その先に視線をやり、ぎゅっと目を閉じた。

「どうした？　見なくていいのか」

ベンチの上で目を閉じたまま身体を小さくしていたら、耳元で笑うような声がする。とたん心臓がどきりと跳ねた。

「べ、別に、見ていた、わけではっ！」

そう返すも、声は完全に上ずっている。軽やかな笑い声が聞こえたかと思ったら、ざぶりと湯を浴びせられた。

「——きゃあっ！」

頭から思いきり湯をかけられて、悲鳴が上がる。身体を覆っていた手を放し、ぱっと彼の方へ振り返ったら、大きな手がわしゃわしゃと頭をかき回し始めた。

あまりにも力が強くて、フェリアの頭が右に左にと揺れる。

石鹸の泡を塗りつけられているのはわかったので、目を閉じたけれど、抗議の呻きは口から漏れた。

「悪かった。これで、どうだ？」

頭をかき回す力が弱くなって、まっすぐに保っていられるようになる。一度慣れればクラウディオの手は心地よく、髪を洗われているという状況にも完全になじんでいた。

髪についた泡が流されたかと思ったら、今度は濡れた髪が首の後ろで一本にまとめられる。

「紐で束ねると侍女頭は言っていたが、どうするんだ？」

「……じ、自分でやります」

クラウディオの手から紐を受け取り、一本に束ねた髪を、くるりと団子状にして留める。その間、ずっとクラウディオに背を向けていた。

そうしている間に、今度は背中にスポンジが押しつけられる。

「んっ……くぅう……」

泡立てられたスポンジが、背骨に沿って滑らかに滑る。それだけで、甘やかな痺れが腰のあたりを揺蕩《たゆた》い始める。

ぶるりと身体を震わせたら、そのスポンジが髪をまとめたことでむき出しになったうなじ、肩、腕——と背後から身体を撫で始める。

「んっ！」

前に回ってきたかと思ったら、胸の頂を擦り上げられた。それだけで、身体は勝手に反応してしまう。

「はっ……あっ、あっ……そこ、洗っちゃ、いや……」

首を振るけれど、スポンジは胸に円を描くのをやめない。泡が身体に塗りつけられ、ますます滑らかに滑るようになって、それと同時に胸の奥にどろりとした喜悦を流し込んでくる。

「スポンジはいやか。では、しかたないな」

「あんっ！」

スポンジが離れたかと思ったら、今度は直接手で触れられる。身体に塗られた泡を広げるように肌を撫でられ、鼻にかかった声が漏れた。

身体に力が入らなくなって、後ろにいるクラウディオに寄りかかってしまう。せわしない呼吸を繰り返すと、彼の手はますますいたずらに動き始めた。

「あ、あっ……」

ここは外なのに。

そんな風にたしなめる声が頭のどこかから聞こえてくる気はするけれど、止まらなかった。肌を滑る指の動きに合わせるようにして、身体は右に左にと揺れてしまう。それでもベンチから転げ落ちなかったのは、クラウディオの胸に背中を預けているからだ。

「感じてきたのか？　ずいぶん、悩ましい声が出ているぞ」

「クラウディオ様が、触る、からぁ……！」

恨みがましい声を上げているつもりなのに、自分でもいやになってしまうほどに甘ったるい声。腰は勝手に震え、つま先がぴくぴくとしてしまう。

「あぅっ！」

背後から回された手が、またスポンジを取り上げて今度は腿に滑らされる。懸命に唇を結ぶけれど止まらなかった。

柔らかな肌にまたもや泡が塗り広げられる。それから、スポンジは直接手へと変化した。

「ふっ……うっ……」

肩をこわばらせ、懸命に唇を結ぼうとする。

それなのに、そうしている反面、身体の奥の方からは淫らな欲求が込み上げてくるのを押さえることができなかった。

腿ではなく、もう少し上まで来てほしい。けれど、脚の付け根を撫でた指は、すっと離れていってしまう。

膝を折り曲げられたかと思ったら、足の指の一本一本まで丁寧に洗われる。そうされている間に、フェリアの身体はどんどん熱くなっていた。

「――クラウディオ様……私、もぅ……」

両足まで泡に覆われたところで、我慢がきかなくなった。ねだるような声を上げると、耳朶を軽く食《は》まれ、ぴりっとした快感が一瞬走り抜けた。

「そうだな、まだ洗っていない場所が一つだけ残っている」

意味ありげにささやきながら、手は思わせぶりに膝から脚の付け根を行ったり来たり。こらえきれずに、つい腰を揺すってしまう。

「すっかり欲張りになったな」

「――あぁっ！」

びしょびしょに濡れている花弁の間をすっと指がなぞる。それに呼応するように上がる嬌声。

クラウディオは我が物顔で浅い場所をかき回す。

「ここは、すっかりぬるぬるだな。さっきからずっと期待していたんだろう。俺はお前を洗っていただけなんだがな」

「そ、そういうことを言わないで……！」

許されるなら、両耳をこのまま塞いでしまいたいくらいだ。そんな言葉をささやかれたら、身体がますます熱く火照ってしまう。

もう少し奥の方まで指が欲しくて、無意識のうちに腰を浮かせるようにすると、クラウディオはすっと指を抜いた。フェリアの零した失望のため息は聞こえなかったふりで、ついた泡を湯で流してくれる。

それから力が抜けかけているフェリアをひょいと抱え上げると、静かに湯の中に下ろしてくれた。

「いい子で待ってろ。俺もすぐに戻るから」

大股に戻っていく彼の姿を、フェリアは肩まで湯の中に沈んで見送った。

（……そうよね、クラウディオ様も洗わないと……）

フェリアを丁寧に洗っていたのが嘘のように、彼はさっと戻ってきた。

こちらに歩いてくるのを見ていられなかったから、背中を向けていると、隣にざぶりと大きな身体が沈み込んでくる。

「い、いいお湯ですね……」

そっぽを向いて、フェリアはそう口にした。二人並んで湯につかるというのは初めての経験だ。

同じ部屋で休んではいるけれど、今まで一緒に入浴したことなんてない。まさか、初めての一緒の入浴が、いきなり露天風呂になるとは思ってもいなかった。

そっぽを向いた先では、湯の表面にランタンの光が反射してゆらゆらと揺らめいている。いくつも吊されたり置かれたりしているランタンのおかげで、日は落ちても不自由はなかった。

「そうだな。ここはいい湯だ――我が国にはたくさんの温泉が湧くんだが、ここを使うのは王族だけだ」

「そう、なんですね……」

肩を抱き寄せられて、またもや声が上ずる。濃密に触れ合ったばかりだけれど、恥ずかしいものは恥ずかしい。

「あっ……そ、それはいけませんっ」

肩を抱えられた次には、ふっと耳朶に息が吹きかけられる。先ほど半端に燃え上がったまま放置されていたから、それだけで声を上げてしまう。

「物足りないだろう？　俺は、全然足りていない」

「た、足りるとか足りないとか、そういう問題ではなくっ」

ざぶりと音を立てて湯が揺れたかと思った次の瞬間には、後ろにクラウディオが回り込んでいる。背後から抱きしめられる体勢になれば、腰のあたりに押しつけられているものの熱量を感じないわけにはいかなかった。

湯の中にいるのに、それよりも熱く生々しい屹立《きつりつ》が腰に押しつけられて、思わず喉が鳴る。それに気づいているのかいないのか、再び乳房へと手が移動してきた。

「あふっ……んぅ……む、んむぅ……」

背後から回された手に、すっかり硬くなっている乳首を摘まれ、そのまままきゅっと引っ張られる。感じた声を上げてしまいそうになり、慌てて口に手の甲を押しつけた。

「ふっ……ん、ぅ……ふ、あっ、あぁっ！」

けれど、それも無駄な抵抗。親指、人差し指、中指の三本で周囲すべてを摘まれ、そのまま左右に細かく揺さぶられながら軽く引っ張られたら、あてがったばかりの手は簡単に外れてしまった。

「はっ――あぁ、だめ、ここ、外……外、ですぅ……」

首を振りながらも、懸命に訴える。説得力は皆無でも、ここが外であることには変わりがないのだ。

「ここはたしかに外だが、それがどうした？　ここには俺とお前の二人しかいないし、声の届く範囲にも誰もいない。遠慮することなどないんだぞ」

「あぁぁぁっ！」

今度は両方同時に押し込むようにされて、簡単に背筋をしならせてしまった。フェリアの動きに合わせて、湯の表面が大きく揺らぐ。

はぁはぁと肩で息をついていたら、右手だけ下の方へと下りてきた。円を描くように丸く下腹部を撫でたかと思うと、そのまま緩んだ膝の間へと割り込んでくる。

「ここも、先ほどからずっと濡れていただろう」

「そ、そういうことを……言っては——はぁんっ！」

やはり、フェリアの言葉に説得力など皆無だ。クラウディオの指は、完全にフェリアの身体を知り尽くしている。

明らかに湯とは違うぬめりを吐き出す花弁の間に割り込み、表面をすっすと撫でられたら、腰がもぞもぞと揺れた。

「どうする？　このまま、一度イッておくか」

「ひぁぁっ！」

クラウディオの指が、すっかり硬くなった淫核をとらえる。親指で弾かれたかと思えば、次は人差し指で押し込まれる。最後に中指でくすぐられ、それを何度も何度も繰り返されると、腰の奥の方に熱いものがよどみ始めた。

「あぅっ……あっ、外、なのに……！」

抗議の言葉とは裏腹に、身体はピンと張りつめて快感を受け入れる準備を整えていた。

淫核を扱《しご》く指の動きはますます激しくなり、フェリアは上半身を波打たせて、その刺激に耐えようとする。

「あっ……んん……あぁっ――あぁぁんっ！」

クラウディオの肩に後頭部を擦りつけるようにして背筋をしならせ、湯の中で身体を震わせる。指だけで連れ去られた悦楽の世界はあまりにも甘くて、達した後は声にならなかった。

乱れた息を整えようとしていると、そのまま湯から持ち上げられた。

「このままだとのぼせそうだな。そこに座れ」

「……え？」

クラウディオは軽々とフェリアを持ち上げ、そのまま岩の上に座らせる。ひんやりとした夜の空気は、火照った肌には気持ちよかった。けれど、これはどうだろう。

クラウディオはまだ湯の中にいて、彼の顎と岩の高さがちょうど同じくらい。必然的に一番秘めておくべき場所が、彼の目の前にさらされることになる。

身を捩って岩から滑り降りようとしたけれど、クラウディオの方が速かった。脚の間に、顔が寄せられる。

「――あぁぁっ、だめっ！」

悲鳴じみた声を上げるも、クラウディオには通用しない。今、多大な快感を得たばかりの淫芽が、舌の先で弾かれる。

だめ、という言葉も、今や肯定を意味するものでしかなかった。舌の先で弾かれる度に、腰がびくびくと震えてしまう。そのひくつきに合わせて、フェリアの口からは愉悦の声が漏れた。

「フェリア、膝を抱えていろ。このままではやりにくい」

「……え？」

快感にぼうっとしている間に、両腕に膝がかけられる。気づいた時には遅く、クラウディオの前にすべてをさらけ出すような姿勢を取らされていた。

「──お前は、ここまで綺麗なのだな」

「な、なんてことを……そこは……そ、そんなにまじまじと見るものでは……！」

ランタンの明かりだけだから、それほど明るいというわけでもないけれど、本来秘めておくべき場所に視線が注がれるというのはどうしようもなく羞恥心を煽られる。

ただ、見られているだけなのに、敏感な芽にそっと触れられているような気がして、艶めかしい吐息を零してしまう。

「俺は見ているだけだ。まだ何もしていないぞ」

「そういうことを言っては……ぁあぁんっ！」

ふっと息を吹きかけられ、不自由な体勢なのに一瞬腰が浮く。息をかけられたかと思ったら、今度は次から次へと痺れるような快感が襲いかかってきた。

尖らせた舌で、淫らな愉悦を生み出す小さな芽が、隅から隅まであますところなく磨かれる。かと思えば舌を震わされ、次には円を描くように先端を擦りまわされて、耐え難い熱波が腰からせり上がってくる。

こんなところでという背徳感。

クラウディオに奉仕させているという優越感。

自分で膝を抱えているという羞恥心。

いろいろな感情が混ざり合い、快感となり、ぞくぞくっと背筋が震えて、ますます身体が火照っていく。

それと共に、身体が急激に上昇していくのを覚えた。

「あ、また、また、イく、イく、から……！」

両手を膝の裏に添え、自ら大きく脚を開きながらフェリアはすすり泣いた。こんなにも何度も追い上げられたら、身体中がばらばらになってしまいそうだ。

宙に浮いたつま先がぎゅっと丸まり、深い絶頂を極める。声も出せず、深い悦楽の余韻に身を任せていたら、湯の中へと引き戻された。

「お前が、あまりにも色っぽい声を出すから我慢できなくなった」

笑いまじりの声が耳を打つ。

最初から我慢するつもりなんてなかっただろうに――と口にしたくとも、そんな余裕はなかった。

高みに上り詰めたとはいえ、まだ触れられていない身体の内側で満たされていない熱が暴れまわっている。

くるりと身体を返され、今まで座っていた岩に手をつくよう促された。

「はぁ……ん、も、だめ、なのに……」

「何がだめなものか。まだ、足りないんだろう。俺にはわかるぞ」

ひどい、と一瞬なじりそうになったけれど足りていないのは事実。

素直に岩に手をつけば、腰だけを後ろに突き出すような体勢になった。秘唇に押しつけられる欲望の証し。それはフェリアにも伝染して、急かすように腰を左右にくねらせてしまう。

「いつの間に、こんなに淫らになったんだ、お前は」

「クラウディオ様の、せい――あああんっ！」

フェリアの身体をこんな風にしたのはクラウディオなのに。すっかり昂《たかぶ》った身体は、指で慣らされることなく硬い楔を打ち込まれても、素直にそれを受け入れた。

さんざんフェリアを高ぶらせ、追い上げたクラウディオはまだ余裕だ。一気に奥まで打ち込んだものの、それからあとはじっくりと腰を引き、また奥まで打ち込んでくる。

「あっ……やぁ、もっと、もっと……」

自分がねだる言葉を口にしているのもフェリアは気づいていなかった。クラウディオの緩やかな動きでは物足りず、ついには自分から腰を振り始めてしまう。

「ほら、やっぱり物足りなかったんじゃないか」

「ち、違う……あぁぁんっ！」

フェリアの反応に気をよくしたらしく、クラウディオも動きを変えてきた。打ち付ける腰が力強さを増す。

猛々しいもので敏感な媚壁を押し広げられたかと思うと、奥まで打ち込まれたそれが中を容赦なくかき回してきた。

絶頂直後の敏感になった媚壁を、容赦なく突き上げられ、またもや快感の極みに飛ばされようとする。

「あっ、また、また…は、あぁぁぁんっ！」

「俺も限界だ──全部、受け止めろよ」

背後からフェリアを貫いたクラウディオは、腰を摑む手に力を込めた。

二人の身体がぶつかり合う音が激しさを増したかと思うと、フェリアの腰も貪欲にくねる。

目の前が真っ白に染め上げられたかと思ったら──最奥に熱い飛沫が浴びせられる感覚があった。

◇　◇　◇

この島に来る時は、たいてい食事はおおざっぱなものだ。フェリアは食べにくいだろうとナイフやフォークも用意していたのだが、骨付きの肉を手で摑んで食べたのには驚いた。手についた油を舐め取る様も妙に色っぽくて、すぐに二人きりになりたくなったのは困ったが、本当にいい相手に巡り合ったと海の女神に感謝する。

露天風呂でさんざん戯れ、寝室に入ってからもフェリアを離せなかった。フェリアの方も、しっかり抱きついて離れず、若干やりすぎたのは否定できない。

「……あのっ、これ……その、気に入っていただけるかどうか自信はないのですけれど……」

翌朝、着替えようという時になってフェリアが差し出したのは、襟に刺繍の施された白いシャツだ。

「そのっ、す、好きな人とか、旦那様とかには、刺繍をしたシャツを贈るものだって……昨日、ちょうど出来上がった、ので」

見ているこちらが照れくさくなるくらいに、フェリアは真っ赤になっていた。言葉もとぎれとぎれで、本当に一生懸命になっているのだとこちらにも伝わってくる。

シャツの襟には、見事な刺繍が施されている。時間をかけて、丁寧に刺してくれたのだろう。

「ありがとう。見事なものだな」

今、口から出た言葉は、あまりにもそっけなかっただろうか。だが、不安そうな顔をしていたフェリアの表情が、その一言でふにゃりと柔らかくなる。

「……よかった。お嫌じゃなかったですか……？」

「いや。こうやってシャツをもらうのは初めてだからな」

「よかったぁ……」

そうやって、ますます嬉しそうな顔をするから、こちらまで嬉しくなってくる。

「よし、今日の視察はこのシャツを着ていくか」

「今日？　今日着るんですか？」

フェリアの頭を撫でたら、目を丸くして驚いている。声も裏返っているから、相当驚いたようだが、そんな表情も愛おしい。

思わず、今出たばかりのベッドに押し倒しそうになったが、全力でそれだけは回避する。

「俺の妃は、刺繍も上手なのだと皆に教えておかないとな」

「そ、そんなことばかり言うから……！」

真っ赤になったままのフェリアに、ぴしゃりと腕を叩かれるが、自分の意思を変えるつもりはなかった。

果たして、その日の視察ではさんざんからかわれることになったけれど、クラウディオは大満足なのであった。

第六章　前世の知識で、悪役令嬢返上できますか？

クラウディオと過ごす時間は、どうしてこんなにも幸せなのだろう。

フェリアは、自分の幸福をしみじみと嚙み締めている。両親が贈ってくれた品々で、花嫁衣装の制作も順調だ。

（……運命って、予想ができないかも）

王太子の婚約者から一転、婚約破棄されて。そのままこの国に連れてこられたかと思ったら、今はクラウディオの妃になるための準備だ。

今日は、王家の資産に何があるのかを調べているところだ。

「……あら？」

「どうかしましたか」

イザークに手伝ってもらいながら調べていると、使われていない屋敷が都の端にあるのに気がついた。

かなり広さがあり、温泉が引かれているようだが、クラウディオからこの屋敷について話を聞いたことはない。

「このお屋敷、使っていないのかしら」

「都の端ですからねえ。行くのがちょっと面倒なんで、あまり使わないですね。この近くの貴族の屋敷で開かれたパーティーの帰りに泊まるくらいしか使ってないと思います。あとはごくごくまれに客人を宿泊させたりとか」

使わない屋敷があるのはしかたがないが、この規模の屋敷を放置しておくのもまたもったいない。

しかも、設計図に添えられている説明書によれば、屋敷には温泉が引かれているようだ。

「このお屋敷の手入れはどうしているのかしら。島の家は時々手入れの人が行く程度と聞いたけれど」

「こっちは何人か常駐してますね」

たずねれば、すぐに返事が返ってくる。

急に客人を泊める可能性もあるため、こちらの屋敷は、いつでも使えるように手入れは欠かしていないのだそうだ。

クラウディオがあまり使わないからと言って、手入れをしなくてもいいという理由にはならない。

「誰も使わないなんて……もったいないわね」

と、フェリアは屋敷の設計図を見て考え込んだ。

もともとはクラウディオの叔父にあたる人物が建てたそうだが、今は使う人もなくほぼ放置されている。

（……街中にも温泉は引かれているみたいだけど……入れるのって、ほんの一握りの人だけだものね）

街中にも温泉の引かれている建物はあるのだが、一定以上の資産を持つ個人の家にしか引かれていない。公衆浴場的なものは存在しないので、一般の人が温泉に入る機会というのはなかなかないのだ。

「もったいないですか？」

「ええ。ほら、目録のここに書いてあるでしょう？　この温泉は怪我の治りが早くなるって。それなのに誰も使わないなんてもったいないと思ったの」

たぶん、湯につかることで疲労回復にも繋がるはずだ。詳しく成分を分析したものがあるわけではないけれど、誰も使っていないなんて本当にもったいない。

「なら、フェリア様ならどうします？」

「……そうねぇ」

細い指を顎にあてて、フェリアは考え込んだ。自分なら、この屋敷をどう使うだろう。

「王家に協力している商人が交易から帰ってきた時とか、軍に所属している人達が怪我をした時とか――療養するのにいいんじゃないかしら」

フェリアの脳裏に浮かんだのは、前世の実家である『ひなた屋』だった。多数の人達が行き来して、いつでも宿は賑わっていた。

都会からやってきたお客様は疲れを癒し、近所の住民は日帰り入浴で広い湯を堪能する。不景気なんて関係なくて、いつもたくさんの人がいた。

「へぇ、フェリア様ならそう使います？」

「だって、王家の人は誰も使わないのでしょ？　二階と三階を改装すれば、宿泊することもできると思うのよ。長期での療養が必要な人は、宿泊してもらってもいいわよね」

そう言いながら、フェリアは図面の一点を指で押さえた。一階の端にある広い部屋だ。たぶん、クラウディオの叔父が使っていた頃は、ダンスをするのに使われた部屋だ。

「このあたりに、医療所を作ってもいいわね。そうしたら、病気や怪我の治療が受けられると思うの」

この部屋を区切り、何人か医師を常駐させれば、他の人の目を気にせず、診察を受けることができそうだ。

医師の給料や、医療品の費用は王家が提供すればいい。

フェリアの言葉を、イザークは興味深そうに聞いている。

「でなかったら、この部屋を特別客室にしてもいいんじゃないかしら。ここに王家の人が使うのと同じくらい上質の家具を置いて、贅沢な部屋にするの。この部屋だけは宿泊費を取れば、運営費の一部くらいにはなるんじゃない？」

今度は、もともとクラウディオの叔父が寝室としていたらしい部屋を指さす。

ここに宿泊して、王家の人間と同じような気分を味わえるとなれば、裕福な商人が疲れを癒すために宿泊するかもしれない。そうすれば、王家の資産からの持ち出しを軽減することができる。

目録を見る限り、中に置かれている家具も上質のものばかりだから、新たに家具を購入する必要もない。

夢中になって構想を語り続けたフェリアだったけれど、はっと気がついた。自分のもののように話をするなんて、何を考えているんだろう。

苦笑いして、屋敷の目録や図面を脇に押しやる。

「ごめんなさい、話しすぎたわね。次の目録を見せてくれる？」

もったいないとは思ったが、フェリアが口を出せるところではない。今のままにしておくのがいいだろうと判断し、次の目録に移った。


イザークとそんなやりとりをしたのも忘れた数日後、フェリアはクラウディオの執務室に呼び出された。

（……忙しいはずなのに、どうしたのかしら）

「何かありました？」

昼間執務室に呼び出されるなんて、初めてだ。不安を覚えながら駆けつければ、意外にもクラウディオは上機嫌だった。

執務室の中心は、クラウディオの使う大きなデスクだ。それから、イザークや他の部下達が使うための大きなテーブルも置かれている。

室内は飾り気などほとんどなく、壁には大きな地図が何枚も貼られ、そこにはさまざまな色のインクで書き込みがされている。

クラウディオは高く積み上げた書類の向こう側から、フェリアににっと笑ってみせた。

「この屋敷をお前にやる。好きにしろ」

「はい？」

あまりにも簡単に言うから、頭がついてこない。この屋敷ってどの話だろう。

首をかしげているフェリアの前に、クラウディオは屋敷の目録を差し出した。

「誰も使っていないのはもったいないいんだろう？　だから、お前にやる。自由に使えばいい」

「じ、自由にって……！　困ります、そんなの」

だいたい、屋敷をもらったところで、出かける機会もない。

クラウディオといつも一緒にいるし、クラウディオと一緒に出かけるのであれば彼が好んで使う城に近い方の屋敷だろう――フェリアはまだそちらには行ったことはないが。

「いただけません……！」

首を横に振ったら、クラウディオは面白そうな表情を崩さないまま、デスクの向こう側からこちらを見る。

「お前の好きにしろと言った。お前が使う必要はない。療養施設を作りたいんだろう」

「……え？　それって」

ようやくここで先日、イザークとかわした会話を思い出した。少しばかり調子に乗って、ずいぶん熱く語ったような覚えはあるが、まさかそんな話になるとは思ってもいなかった。

「で、でも、それは思いつきを言っただけで！　うまくいくかどうか……」

「かまわない。計算してみたが、たいした額はかからなそうだ」

「そういう問題では……ないと思うのですけど……」

たしかに、もったいないとは思ったのだ。

だって、見取り図で見ただけでもとても広かった。それなのにクラウディオが屋敷を使うのは、年に数度らしい。その年に数度のために、たくさんの使用人があそこに控えているのだ。

地下からわいている湯だって、誰にも使われないまま、地に帰っていくだけ。

（たくさんの人が、ここを使えばいいのに――）

そう思ったフェリアの脳裏に、前世の実家が浮かんだのは当然のことなのかもしれなかった。

チェックインの時間になると、次から次へとお客様がやってくる。

手続きの順番を待つ間、ロビーに用意されているソファに案内する。

それから、暑い時期には冷たい飲み物を。寒い時期には温かい飲み物を部屋に入る前にお渡しして、くつろいでもらう。

従業員達が、お客様の荷物を持って部屋に案内したら、あとはいかにゆったりとした時間を過ごしてもらうかが勝負だ。

フェリアも、前世では館内のいたるところを歩き回って、ごみが落ちていたり、家具の配置がずれたりしていないかを確認して回っていた。

お土産に何がいいかと問われたら、売店のおすすめ商品を答え、たずねられれば、近くの観光名所についても案内する。

結局、あの仕事が好きだったのだろう——今となっては、その夢をかなえることはできないけれど。

(でも、今は違う夢があるから)

クラウディオがフェリアを選んでくれた。

だから、彼の隣に立って恥ずかしくないようにふるまうのだ。

フェリアが、そんな風に考えていたら——クラウディオは、テーブルに広げた図面をとんとんと指で叩いた。

「ご、ごめんなさい。クラウディオ様……!」

うっかり、過去の追憶に呑み込まれかけていて、目の前にいるクラウディオのことが思考の外に追いやられていた。

椅子に座ったままのクラウディオは、フェリアを手招きして自分の方へと近寄らせる。

何事かと思いながら、彼の側によったら、ぐっと強く腕を引かれた。

小さな悲鳴と共に、体勢が崩れた——かと思ったら、彼の膝の上に抱え上げられている。

「な、何するんですか!」

「フェリアが、そんな顔をするのが悪い」

そんな顔って、どんな顔だ。だいたい、ここは執務室で――イザークをはじめ、クラウディオの部下達だっているのに。

「お、おお、下ろしてください！」

「嫌だ」

ちらりと見たら、一同わざとらしく自分達の目の前に置かれている書類を凝視している。肩が完全に固まっていて、書類を見ているだけなのがすぐにわかる。

顔を赤くしてばたばたするものの、フェリアを抱え込んだクラウディオの力はとても強くて逃げ出すことなんてできない。

「この屋敷を、療養施設とし、療養の必要がある者に解放しようと思う。その手配をお前に任せたい」

「わ、私にくださるってそういう意味ですか……」

「もちろん、お前が一人で使いたいというのなら、そうしてもいいんだぞ。俺も、この屋敷を持て余し気味だったから、有効活用できるならそうしてくれ」

「そういうことだったんですね。それでしたら……」

クラウディオの膝の上にいるのも忘れて、フェリアは図面の端から端まで視線を走らせる。

（ここはとても広いけれど……仕切りがないのよね）

そもそも、王家の人間しか使わない場所なので、他人の目を気にする必要もなかったのかもしれない。

けれど、自分なら――と考える。

入浴着を着ていても、見知らぬ男性と一緒に入浴できるかと言えば無理。

きっと、他の人達も同じように考えるのではないだろうか。

（となると……岩風呂が二か所に分かれているから、ここに仕切りを作って、男女別にしたらどうかしら）

せっかくの広い露天風呂を分けてしまうのはもったいないと思うけれど、さすがに見知らぬ男女が混浴するのはまずい気がする。

（それから、こことここにお湯を引けば、個室風呂も作れるわよね）

新たな工事が必要になるが、貸し切りにできる温泉もあった方がいいと思う。実家でも貸し切り露天風呂は大人気だった。

「何か、面白いことを考えているのだろう。俺にも教えろ」

そこまで面白いことでもないのだけれど……と思いながらも、自分の考えをクラウディオに説明する。

「なるほどな。だが、個室はいらないだろう」

「いえ、あった方がいいと思うんです――」

王家の別荘を解放するのだから、料金は無料でいい。けれど、維持管理のためにはある程度の費用は必要だ。

イザークと話をした時には、さほど細かく考えていたわけではないが、こうしてじっくり考えてみると次から次へとアイディアがわいてくる。

「共同食堂で食べる食事は無料で、宿泊も、相部屋は無料。このあたりの贅沢な部屋だけ、有料にしたらいいと思うんです」

温泉は病気や怪我の療養をしている人にも使ってもらいたいから無料とする。

有料で宿泊する部屋は、王家の建物に宿泊することができ、王宮で雇われる料理人が料理した食事を提供するため有料とする。王家と同じ待遇を受けられるとあらば、お金をかけてでも宿泊したいという人達は出てくるはずだ。

無料で使える場所とお金を払わなければ使えない場所を作ることにより、高級志向の人にも満足してもらえるだろう。

維持管理に必要な費用の一部はそれでまかなえる。

「そうだな。それなら、この場所から奥を特別料金にすればいい」

クラウディオの指が、ある一点を押さえた。彼が押さえたのは、一番プライベートな空間だ。他の建物からは独立していて、クラウディオの叔父はそこでのんびりした時間を過ごしていたそうだ。

「ここに置かれている家具はそのまま使えるだろう。年代物だが、しっかりした品だ」

「いいんですか？」

「工事が必要だな。結婚式に間に合うように急がせる。俺の王妃から、国民へのプレゼントというわけだ。フェリアの最初の仕事だな」

そんな風に言われたら、胸が熱くなってしまった。

本当に、クラウディオはフェリアのことをよく見てくれている。

自分を受け入れてくれたこの国の人達に、フェリアが報いたいと思っていることもちゃんとわかってくれている。

「ありがとうございます、クラウディオ様」

「礼を言うなら、お前にしかできないことがあるだろう」

大きな手で顎をとらえられ、彼の方へと顔を捻じ曲げられる。

彼の顔が近づいてきたけれど、互いの呼吸が感じ取れるほど近くまで来たところで止まってしまった。

「お前なら、この先どうしたらいいかよくわかるだろう」

ゆっくりと目を細めた彼の瞳に浮かぶ熱。その熱に浮かされたみたいにフェリアは顔を近づけた。

重なる唇は熱くて、互いの体温が一つになったように感じられる。

イザーク達が視線をそらしているのは、この際意識から追いやることにした。

◇◇◇

今日は、クラウディオの許しを得て、保養施設への改造工事が行われている屋敷を訪れていた。

入り口を入ってすぐの広いホールは、受付に改造予定だ。

工事が終わったらホールにベンチを置き、代表が受付をしている間、座って待っていられるようにする。

この保養所を使うことができるのは、役所の許可を得たものだけ。許可証は、王宮内の専門の部署で発行するよう準備を進めているところだ。

気にしない人もいるかもしれないが、文化的に入浴着がないと入浴しにくいというのがあるそうなので、受付で人数と男女の別を確認し、入浴着を貸し出すことになっている。

それから、奥の方に作る売店では、自分用の入浴着や飲み物やちょっとした土産物も買うことができるようにするつもりだ。

ホールの左手の方は、宿泊客専用の区画に続く廊下がある。ホールとその廊下との境目には、鍵のかかる扉がもうけられ、宿泊客しか入れないようにする予定だ。

右手は更衣室で、男女別になっている。荷物を置いておくことができるように、鍵のかけられる扉つきの棚を用意した。

すべての扉に鍵をつけることに職人達は難色を示したけれど、そこはフェリアが押し切った。ゴムは存在しないので、紐をつけ、首からさげてもらうことになっている。そして、更衣室を抜けた先が露天風呂だ。

もともと王家の人達が使う建物であって、たくさんの人に開放する造りではないので、少々不便なのだが、ある程度は諦めるしかない。

露天風呂は、男女別になるように、今は石を積み上げて仕切りを作っているところだ。

ここを乗り越えようとかのぞきをしようなどという不届き者がいたら、管理人が遠慮なくたたき出すことになっている。

中庭は、宿泊客達がのんびりと日光浴をするための場所にあてられている。たくさんのベンチが置かれていて、昼寝をしようと思えば昼寝も可能だ。

一通り中を確認して回ると、フェリアは中庭のベンチに腰を下ろした。

「工事は、順調に進められているみたいね。ありがとう」

フェリアのところに、レモン果汁を垂らした冷たい水が運ばれてくる。それと同時に、施設の責任者に任じられた役人が、フェリアに分厚い紙の束を差し出した。

「フェリア様のお心遣いのおかげです。それと、こちらは、貴族達からの寄付金をまとめたものでございます」

「寄付を求める予定はなかったのだけれど、ありがたいわ」

貴族達の間で、クラウディオとフェリアの新しい計画は、すでに噂になっているのだそうだ。貴族達はこぞってこの事業に寄付を申し出ていて、二十年くらいは王家の持ち出しがなくてもなんとかなりそうなほどの金額が集まっているらしい。

(クラウディオ様の影響力ってすごいのね……)

彼の厚意を得るために、貴族達も必死ということなんだろう。彼が慕われているのを知り、フェリアまで誇らしいような気分になる。

「寝具も、貴族が寄付してくれるそうです。やはりフェリア様の影響力は大きいですね。食材は、近隣の農家が献上してくれるそうです」

「とても嬉しいけれど……もし、その好意に甘えすぎるのもよくないわね。私、何かお礼をすることができる？」

農家に負担をかけることはできないから、何か礼を考えなければならない。施設の方でまとめて買い上げるための制度を整えた方がいいだろうか。

なんて、真面目に話をしていたら、背後からぐっと腹部に腕が回される。

「きゃ——って、クラウディオ様！」

「ここに宿泊する客に出す食事となるとかなりの量になるだろう。まとめて購入するよう、制度を作った方がいい」

「新しい制度を作るのは大変ではないですか？」

悲鳴を上げてしまったが、背後から回された腕がクラウディオのものであることに、気づいてほっと身体の力を抜く。

彼以外にフェリアの身体に手を回す人なんているはずないけれど、ここに彼がいるとも思っていなかったのだ。

「お前は心配性だな。これは、俺がやりたいからやるんだ。少々のことは気にしなくてもいい」

「少々のことではないと思うのですけど」

フェリアは肩越しにうっとりとクラウディオの顔を見上げる。

こうやって見上げると、彼はとても素敵だから、文句なんて言えない。

人前でやたら密着されるのは時々閉口してしまうけれど、それ以上に幸せの方が大きいのだからフェリアの方もすっかり慣れてしまったようだ。

「――俺の妃は、本当に優しい」

「まだ妃ではありませんよ……？」

婚約しているのだから、妃に準じる立場なのも否定できないが、今、ここでそれを言われるのも困ってしまう。

「そうだな。だが、俺の中ではフェリアは俺のものだ。他の男になんて渡すものか」

「そ、そういうことを言ってはいけません！」

ちょっと油断したら、すぐにこれだ。

なんでも持っている人なのに、不意打ちでものすごい独占欲を向けてくる。そして、フェリアの方もその独占欲にくらくらしてしまうのだ。

「細かいことはいいだろう。それより、宿泊部屋の方も見てみるか」

「はい、一緒に行きましょう」

クラウディオが手を引いてくれて、フェリアは歩き始めた。

玄関ホールに戻り、今度は入って左手の方へ。

工事中の扉をすり抜け、廊下を進む。

廊下にかける絵は、新進気鋭の画家の作品を展示する予定だ。あちこちに置かれている彫刻も売り出し中の彫刻家のもの。

何人か家具職人も選んで、一人一室室内装飾を担当させている。ここから、彼らの仕事に繋がればいい。

当初は、宿泊部屋はクラウディオの叔父が使っていた部屋だけにするつもりだったのだが、それ以外にも何部屋か用意することにした。ほどほどの値段で泊まることのできる部屋から、高級な部屋まで何ランクかに分けられている。

クラウディオの叔父の部屋は王家の家具を置くが、それ以外の部屋は、フェリアが選んだ家具職人達の家具で内装を調えることにした。

王家の事業に参加しているということで、彼らの名前も知られるだろう。

「年に一回、叔父様の使っていたお部屋にお客様を招待するのもいいと思うんです」

「クジでも引くか」

「そのクジは、お祭りの景品にするのもいいですね。たしか、年越しの大きなお祭りがありましたよね」

「それは、祭りが盛り上がるだろうな」

代々の王が使ってきた部屋で、王と同じ寝具で眠る。そして、王宮で教育を受けた使用人にサービスされるのだ。きっと、一生ものの思い出になる。

「すぐには無理だと思うんですけど、こちらの庭にも温泉を引けたらいいですよね。そうしたら、貸し切りのお風呂を増やせるし……」

クラウディオに、いろいろな計画を話すのは、とても楽しい。

彼が、フェリアを受け入れてくれているのが嬉しい。

「お前の頭の中には、いろいろな計画があるのだな」

「実現不可能なことも考えているかもしれませんよ？　ただ……あなたの役に立てたら、嬉しい、です」

ほんのりと頬が染まるのを自覚した。

いつの間にこんなに好きになってしまったのだろう——。彼の側が、こんなにも安らげる場所になるなんて、前は想像できなかった。

「それなら、いいんだがな」

組んでいた腕が解かれたかと思ったら、その腕が腰に回される。こめかみに寄せられる唇。優しいキス。

口づけられた場所がじんわりと熱を帯びて、その熱が頬に移る。彼とのキスは何度もしているのに、こめかみへのキスだけで、フェリアはドキドキしてしまう。

「……私、役に立てました？」

「立っているとも。俺の側にいてくれるだけで十分だ」

顔を上げたら、クラウディオの顔がすぐ間近にある。またキスされると思ったフェリアが、目を閉じた時だった。

「──大変だ！　海賊に船が襲われたと──積み荷の香辛料を奪われたそうだ」

イザークの声がしたかと思ったら、ばたばたと足音が続く。

さらに角を曲がって彼が姿を見せたから、フェリアはぱっとクラウディオの腕から身を解いた。

「乗組員は無事か」

クラウディオが険しい表情になっている。彼が、部下達をどれだけ大切にしているかフェリアは知っていた。

「死者が何人か。怪我人は、船に乗っている者が手当したそうですが、重傷者も多い。医師が足りません」

報告するイザークの声も険しい。いつもはのんびりした彼が、こんな風に険しい声を発するのを、フェリアは初めて聞いたような気がした。

「それなら、すぐに病院に収容するよう手配しろ」

「それが、今、一番大きな病院は満室なんですよ。分けて収容するにしても限界があります」

「王家の屋敷ですぐ使えそうなところは？」

「一番王宮に近い屋敷は、フェリア様のご両親に滞在してもらうために改造中です」

眉間に皺を寄せ、クラウディオとイザークは意見をかわす。フェリアは二人の会話を横で見ていることしかできなかった。

（私に、何かできることは……？）

二人の様子を見ながら、懸命に考える。

「あの、応急手当は終わっているのですよね……？　しっかりした治療が必要ということでしょうか」

「そういうことだ。入院が必要な者もいるだろうな」

「では、ここを使ってもらったらどうでしょう？　まだ、正式に開いたわけではないし、一般のお客様は入ってきません。お医者様も、病院から派遣してもらう他に、王宮にいる医師を回せば手配できるでしょう？　船医がいるのなら、その人にもこちらに来てもらえば、お医者様の数もなんとかなりそうな気がします」

まだ、あちこち工事中ではあるが、完成している場所もある。工事現場には近寄らないようにすれば、当座の間に合わせにはなる。

襲われた船の乗組員達くらいなら、宿泊させることができるだろう。

「それに、傷に効く温泉も入りたいだけ入れます。厨房は今工事中だからこった食事は出せませんが……パンは近くの店に注文すればいいでしょう。中庭にかまどを作ったら、大鍋でスープや煮物くらいなら作れると思います」

クラウディオは、顎に手をあてて、フェリアの提案をどう受け入れるか考え込む。

「それで大丈夫そうだな。空き部屋にベッドを入れるよう手配しろ」

「かしこまりました。料理は中庭でどーんと作りますよ。かまどがなくたって、どうにでもなります」

「クラウディオ様、王宮の倉庫から必要そうな品を持ち出してもかまいませんか？」

フェリアは素早く頭を巡らせた。先日、イザークといっしょに目録を確認したから、倉庫にどんな品がおさめられているか、だいたい把握している。

正確な量まではわからないが、城に戻ればきちんとした記録があるはずだ。

「かまわない。足りなければ、買ってくれ。執務室にいる者に声をかければ、金は出せる」

「わかりました。では、一度お城に戻ります。侍女達にも手を貸してもらえないか聞いてみますね」

クラウディオの許可を取り、大急ぎで城に引き返した。

フェリアが執務室に飛び込んだ時には、すでにクラウディオの部下達は動き始めていた。

（食材でしょ、寝具も必要よね。タオルもたくさんあった方がいいだろうし……薬は、王宮医師に持っていってもらおう）

治療に必要なものはわからないが、現場に向かう医師に必要な品を揃えてもらえば大丈夫だ。手分けして動いた方がいい。

「クラウディオ様から連絡は来ていますか？」

「はい。王宮医師を送る手配は終わりました。必要な品を今洗い出しているところです」

そう文官に問いかければ、すぐに返事がくる。

「使えそうなものは全部持ち出していいと、クラウディオ様のお言葉です。それと、足りなければすぐに買うようにと。お金を出す手配は任せるとのことです」

「かしこまりました、フェリア様」

食糧庫には、多数の食材が保管されている。食糧庫を管理している者に頼み、食材を屋敷へと運んでもらった。

倉庫からは寝具にタオル、清潔な布などをどんどん運び出す。

布は包帯が足りなければ切って使えばいいし、シーツのかわりにもなる。洗った傷口を押さえるのにも必要かもしれない。

そして、動きやすい服装に着替えたフェリアは、侍女達にも声をかけ、今必要とされている技能を持ち合わせている者を連れて屋敷へと戻った。

「あなた達は、患者さんのお世話をお願いします。お医者様の指示に従ってください。残りの人は、私についてきてください」

軍人の家系で、看護には慣れているという二人を医師の手伝いに送る。それから、他に二人の侍女を連れて、中庭へと向かった。

中庭には、クラウディオの部下達の手によって、かまどが作られていた。大きなテーブルも持ち出されていて、どうやらそこが急ごしらえの調理台となっているようだ。

以前、王家の島に連れていってもらった時、クラウディオの部下達は手際よく火をおこす準備をしていた。その経験は、こういう場で生かされているらしい。

「包丁は使えるのよね？」

「た、多少は……厨房の手が足りなくなった時、手伝ったこともありますので」

フェリアの問いかけに、連れてきた侍女達は首を縦に振る。この二人は、下級貴族の娘なので、手が足りない時には家事にも手を出していたそうだ。

「それはよかった。私もよ——私達は、私達にできることをしましょう。パンを大急ぎで焼いて届けてくれるように、パン屋に頼んでもらえるかしら」

食糧庫から大量の食材もどんどん運び込まれてくる。フェリアは包丁を手に取った。

「これは、スープにしてしまっていいのかしら？」

「は、はい！　魚と一緒に煮込みます」

「では、食材を切るのは任せてちょうだい」

最初のうちは、皆、フェリアが調理台の側にいるのに怪訝そうな目をしていたけれど、危なげのない手つきで包丁を使っているのに気づき、認識を改めたようだった。

（料理のお手伝いもさせてもらっておいてよかった……！）

お客様に出す料理を作らせてもらうことはなかったが、従業員達のまかない料理は前世で手伝わせてもらった。

まかない料理は、若い料理人の修行であるのと同時に、食材の目利きを養うためのものでもある。将来の女将として、地の食材の勉強になるからと手伝わせてもらっていたのだ。

まさか、その時の経験が、こんなところで生かされるとは思っていなかった。

野菜の皮を剝く、適当な大きさに切る。剝く、切る、剝く、切る。ひたすらにそれを繰り返す。

野菜が終わったら、次は魚だ。鱗《うろこ》を落とし、えらを外す。内臓を取り出したら、ぶつ切りに。煮込みにするので、骨はついたままでいい。もくもくとフェリアは手を動かす。

フェリアの脇に陣取った侍女達も手を動かすが、圧倒的にフェリアが速い。

「……フェリア様は、包丁の扱いに慣れているのですね」

「ちょっと、練習したのよ。お魚もさばけるようにならないといけないでしょう？　次に島に行った時には、私もお料理をしたいと思ったのよ。この間は、食べるばかりだったんだもの」

侍女達にはこの国に来てから練習を始めたように言ったが、包丁の扱いに慣れているのは、前世の名残だ。

浜辺でのバーベキューは楽しかった。次はフェリアも一品くらい、何か作ってみたいと思ったのも本当のこと。

「あとは、火が通るまで煮込んで。私は、あちらの手伝いに行ってくるわね」

病人を寝かせるためのベッドが次から次へと運ばれてくるが、どこに置くべきか決まっておらず、中庭の空いたスペースに並べられているだけだ。

「ホールを入って、左手の部屋にお願いします。一部屋に、四台は入るはずです。入りきらなかったら、二階の部屋も使ってください。歩ける人は二階に入ってもらうようにすれば、なんとかなると思うの」

図面を手に、フェリアは次から次へと指示を出す。あちこちからかき集めてきたベッドだから、大きさが揃っていないが、なんとか各部屋におさまりそうだ。

「フェリア様が、そこまでする必要はありません！」

「でも、手が足りていないんだもの。それに、母国にいた頃も病院のお手伝いはしていたから、このくらいはなんとかなると思うの。今は緊急事態だし……」

ベッドの確保ができたら、今度はそこにシーツを敷き、枕カバーをかけ、休むことができるようにする。シーツをぴしっと敷くのにも慣れている。

毛布は足元の方に畳んで置いておく。これもあちこちからかき集めてきたものなので、統一性はない。端に紋章が刺繍されているのは、どこかの貴族が提供してくれたものなのだろう。

ようやくすべての準備が終わったところで、一息つく。フェリアはまだ余裕を残していたけれど、城から連れてきた四人の侍女はぐったりとしていた。

「よくやってくれた、フェリア」

「クラウディオ様。まだお手伝いできることはありますか？」

「いや、いい——短時間で、よくここまで準備してくれた」

クラウディオの大きな手が、フェリアの肩に置かれる。すっと彼の側に近づけられて、フェリアは息をついた。

「いえ、よかったです。お役に立てたのなら」

「病院の手伝いをしていたという話は、本当だったのだな」

「たいしたことはしていません。医療の心得はないので」

それでも、自分にできることは全力を費やした。フェリアは、周囲を見回す。

治療の終わった順に、帰宅する者、ここにとどまって継続的に治療を受ける者と分かれているようだ。自力で歩ける患者は二階へと上がり、歩けない患者は一階のベッドに運び込まれた。

ここに残っていてもできることはないと、一度城へ引き揚げようとした時だった。中庭に集まっていた人達が、フェリアの方へと近づいてくる。

「フェリア様！」

「ありがとうございます！」

「なんて、お礼を申し上げればよいのか……！」

感謝してもらえるのはありがたいのだろうが、こんなにも頭を下げられると困惑してしまう。

クラウディオの顔を見上げたら、彼はますます強くフェリアを引き寄せた。

「中庭でふるまわれている料理は、フェリアが作ったものだ」

「ち、違いますよ！　私はお手伝いしただけで――」

「今日、この屋敷が解放できたのは、フェリアの機転のおかげだ。医薬品を集めてくれたのも、食料を調達してくれたのもフェリアだ」

それは違う。クラウディオの命令があったからだ。だが、今、感謝の念を伝えるべくこの場に集まっていた人達にとっては、そのあたりはあまり気にしなくていいことだったようだ。

「ありがとうございます！」

「陛下の婚約者がこんなにも素晴らしい方だったとは！」

次から次へと感謝の言葉が浴びせられ、フェリアはうろたえた。

母国にいた頃も、同じようなことをしてきたけれど、こんな風に感謝の気持ちを伝えられるというのはしばらくなかったのだ。

「……どうしましょう」

「お前への感謝の気持ちだ。受け取っておけ」

じわりと溢れてきたのは、喜びの涙。それを隠すように、クラウディオの胸に顔を埋めた。

収容された患者だけではない。その家族からも噂はあっという間に広まったようだ。

「お前のおかげだな。貴族達が続々と支援を申し出てくれているぞ」

「私の意見をクラウディオ様が取り上げてくださったからでしょう」

おかげで、フェリアを慕ってくれる人の数はますます増えて、今ではあちこちからフェリアの名前を呼ぶ声が聞こえてくるくらいだ。

「海の女神アデルミナに愛された娘という話も出ているな」

「それは、過分な誉め言葉だと思います……」

だが、こんな風に受け入れてもらえたのは素直に嬉しかった。

「……まさか、ここまで好意的に受け入れてもらえるとは思っていませんでした」

自分の国にいた頃には、考えたこともなかった。ここまで、フェリアのことを友好的に見てくれる人達がいるなんて。

「俺がお前に夢中だと、皆が知っているからな」

「そこで威張らないでください！」

「自慢されるのは嫌か」

「嫌ではありませんけど……恥ずかしいです……」

こう、正面きって誉められるのには慣れていない。クラウディオの言葉に嘘なんて一つも含まれていないのもまたわかっているけれど。

「それよりも、海賊の方が心配です」

フォルスロンド王国の方からやってきて、そちらに戻っていたらしいということはフェリアも聞いていた。

あのあたりには、何十もの小さな島がある。その中に、巧みに海賊の本拠地が隠されているのだろうけれど、大陸との交易に重要な海路からさほど離れていないところにある。

きっと、他にも海賊の被害は出ていることだろう。

（海賊関係のイベントなんて、覚えていないし）

もっと役に立つことを覚えておけばよかったのに。

せっかく前世から記憶を引き継いでいるのに、肝心のクラウディオルートについては何一つ知らないいまま。

「それについては、フォルスロンド王国側で手を打つだろう。あのあたりの島々は、あの国のものだから俺達は手を出すことができない」

「そうですね、それはわかっているんですけど……」

フェリアにできることがないのはわかっている。

「心配するな。海軍の船に警戒させることにした。我が国の領海内で発見したら、容赦なくつぶせと命じてある」

今、海軍の中枢を占めているのは、かつてクラウディオの配下にあった者達らしい。

軍人が強いか否かはフェリアにはよくわからないけれど、クラウディオがこうやって落ち着き払っているのだから、心配することもないのだろう。

「……ああ、よかった。ここにいたんですね。フォルスロンド王国から使者が来るそうですよ」

「何のために？」

「我が国から、香辛料を輸入したいということのようです。最近、あの国は海賊の被害が増えていますからね。まあ、うちの船も襲われたわけですが」

イザークが、眉間に皺を寄せている。

生活するうえで、香辛料はとても大切なものだ。食事の味を豊かにするだけではない。防腐剤として活用したり、薬として活用したり。

海賊のせいで、思っていたほどの量を持ち帰ることができなかったのだとしたら、この国から輸入する必要が出てくるのもわかる。

「海賊が高値で売りさばく可能性もあるな。市場に、出所の不明な香辛料が出ないか注意を払ってくれ」

「もう手配済みですよ！」

ばっちり！　とイザークが片手を上げて宣言する。そんな彼に視線を向けたクラウディオは、いくぶん表情をやわらげた。

「だが、その使者とやらが問題だな。俺は会う必要を感じないぞ。お前、適当に話をつけて追い返しておけ」

「また、そういう無茶を言う……！　俺が一国の王子様にかなうはずがないでしょう。ちゃんとお相手してくださいよ」

一瞬柔らかくなったクラウディオの表情が、また険しいものへと戻った。そんな険しい顔になるなんて、いったい誰が使者としてくるのだろう。

（でも、今、王子って……）

一瞬、元の婚約者のことが頭をよぎる。けれど、そんなことはないだろうとすぐに打ち消した。

王太子であるヴァレンティンが、簡単に国を離れられるはずもない。きっと彼の弟王子だ。

それに、香辛料の輸入の件だけだとすれば、何もわざわざヴァレンティンが出てくる必要はないのだ。

けれど、フェリアのその期待は、こちらに申し訳なさそうに振り返ったイザークの言葉で打ち砕かれた。

「フェリア様には、ものすごく申し訳ないんですがね。ヴァレンティン王太子が来るそうなので――」

「フェリアは休ませる！」

クラウディオが吠えた。そんな大声を彼が出すとは思っていなかったので、フェリアはびっくりしてしまう。

「あんな馬鹿者の前にフェリアが出る必要はない」

「いやでも、フェリア様が出ないのは不自然でしょうがよ……。フェリア様にとっては、母国の要人ですよ？　そりゃ、会いたくない人だろうってのは俺もわかりますがね」

クラウディオとイザークが言い合いになる。クラウディオは引かず、イザークの方も劣勢ながらもなんとか挽回しようとしている。

二人の様子を見かねてフェリアは口を挟んだ。

「あの、私なら大丈夫だから……。私がずっと引きこもっているわけにもいかないだろうし、一度くらいは挨拶しないといけないと思うんです」

わかりやすくイザークがほっとした表情になった。

「フェリア様はわかってらっしゃる。おかげで俺も安心できます」

「――ふん」

クラウディオは露骨に面白くなさそうな顔をしていたけれど、フェリアがヴァレンティンに会うと言って聞かなかったので、しぶしぶ受け入れてくれた。

第七章　捨てたはずの過去なのに

ヴァレンティンが使者としてこの国を訪れるというイザークの報告により、慌ただしく客人を迎える準備が整えられた。

そして今日は、ヴァレンティンがこの王宮に到着するまさにその日だ。

（……とはいえ、この状況は予想してなかったわ）

自室でドレスを選びながら、フェリアはため息をつく。聞いた話によれば、使者としてやってきたヴァレンティンに、なぜかセレナが同行しているのだという。

（それだけ夢中ってことなのかもしれないけれど、わざわざこんなところに連れてくる必要もないでしょうに）

フェリアはもう一度ため息をついて、鏡を見つめた。

見返してくる自分が、ずいぶん変わったことに今初めて気がついた。

大嫌いだったきついまなざしは、今やすっかり柔らかくなっている。派手な顔立ちは変わらなかったけれど、いくぶん愛らしさのようなものが追加されていた。

以前は似合わないと思っていた淡い色のドレスも、今のフェリアにはぴったりだ。今日、元婚約者に会うにあたり、どんなドレスを選んだらいいだろう。

「フェリア様の元婚約者が来たのですものね」

「彼の新しい婚約者もよ」

「負けてはいられないわ」

若い侍女達がひそひそとささやき合う。そんな彼女達の前で侍女頭がぱぁんと勢いよく手を打ち合わせた。

「いいですか、あなた達。これは、フェリア様に戦《いくさ》をしかけてきたも同然です」

「――わかっております」

侍女達の背後に燃え上がる炎が見えたような気がして、フェリアは目を瞬かせる。慌てて両手を振った。

「いえ、ちょっと待って。そこまで大げさな話では……たしかにヴァレンティン殿下とは婚約していたけれど、とっくに終わっているのよ」

侍女達を制したつもりだったけれど、まったく伝わっていないようだ。きりきりと侍女頭が眉を吊り上げる。

「何をおっしゃいます。フェリア様の前にわざわざ他の女を連れてくるというのです。フェリア様、いえ、わが王に対する宣戦布告も同様です」

普段は他の侍女達をたしなめる立場なのに、一番敵に回してはいけなかったのは侍女頭だったかもしれない。

「フェリア様が、舐められるようなことがあってはなりません」

侍女頭が最初に口にしたのはその言葉だった。その声は、まるで地獄から響いてくるようで、思わずフェリアが身を震わせたほどにすごみがあった。

一斉に、侍女達がきりっとした表情になる。

「ドレス！　宝石！　化粧品も大急ぎで！　その前に浴室の支度！」

「かしこまりました！」

侍女頭の号令に従って、侍女達が慌ただしく動き始める。フェリアは、呆然とその光景を見ているしかできなかった。

わけのわからない間に、素っ裸にされたかと思ったら、浴槽に放り込まれ、侍女達によってピカピカに磨き上げられる。

体中に花の香りのする香油を塗り込められ、シルクの下着の上にガウンを羽織ったら、次は化粧だ。

化粧は、目元にポイントを置き、力強さを重視する。その分、唇に載せる色は控えめのものが選ばれた。

今日選ばれたのは、爽やかなグリーンのドレスだった。この国の気候にはよく合っている。淡いグリーンのドレスの上に、少し濃いグリーンのドレスを重ねる。オーバードレスには、白いレースが全面にあしらわれている。レースの意匠は、薔薇の花だ。

それから、髪は丁寧にこてで巻かれ、一部は銀の髪飾りを使って留められる。残りは華やかに見えるように注意を払いながら、背中へと流された。

首には金とエメラルドの首飾り。イヤリングとブレスレットもお揃いのもの。ブレスレットは両手首につけられたけれど、大粒のエメラルドが並んでいるものだから、とても重い。

「――完璧でございます」

メイクしてくれていた侍女頭は、筆を置いて満足そうに宣言した。

(……たしかに、ゴージャスには見えるかも)

髪には銀の髪飾りの他に、レースの意匠にも使われている薔薇の花が差し込まれる。香油に使われている花も薔薇だったから、フェリアはまるで薔薇の女王のように見えた。

これなら、セレナの前に立ってもさほど気後れしないですみそうだ。

「いってらっしゃいませ」

「――ご武運を」

侍女達に見送られて部屋を出る。

(ご武運をって……大げさね……でも、たしかに昔の私はそう思っていたかも)

母国にいた頃、社交の場に出るのは、フェリアにとっての戦だった。他の人に侮られてはならないと、強烈な赤を意識して身に着けて。

クラウディオと出会ってからは、誰かに侮られるなんてこと、まったく考えなくなっていた。この国に来てから、自分がどれほど変わったのかを改めて感じさせられる。

扉を出たところで待っていたクラウディオは、出てきたフェリアを見るなり目を丸くした。

この国に来てからは強さを強調するより、愛らしさを強調した化粧ばかりしていたから、クラウディオの目には、変に映ったかもしれない。

「へ、変ですか？」

「――いや。こんなに美しいのかと、改めてお前の美しさに感心していたところだ」

大げさに手を広げ、彼は臆面もなくそんなことを言い放つ。思い返してみれば、彼は常にフェリアを誉めることは忘れなかった。

今のフェリアが少しでも美しく見えるのなら、それは間違いなくクラウディオのおかげだし、彼の言葉で気が楽になった。

「クラウディオ様は、そういうことばかり言うんですよね！」

ぴしゃりと彼の腕を叩いた。これはいつものクラウディオとのじゃれ合いだ。以前のフェリアなら、婚約者相手にこんな子供じみた行動はとらなかった。

「……でも、ありがとうございます。嬉しいです」

「俺は、本当のことしか言わないからな」

クラウディオの腕を借り、ゆっくりと廊下を進む。ヴァレンティンとの再会に、かすかに恐怖心を覚えていたのは否定しないけれど、クラウディオのおかげでそれも薄れているようだ。

（……大丈夫。悪いことなんて起こらないんだから。私は、最低限の礼儀を尽くすだけ）

母国の王太子が訪れているのに、フェリアが挨拶をしないなんてありえない。挨拶だけすませたら、さっさと退室しようと思いながら、ヴァレンティンとの謁見の場に向かう。

「……国王陛下、婚約者のフェリア様でございます」

いつもの軽さを隠したイザークが、謁見の間で堂々と宣言する。一瞬、息が止まりそうになったけれど、改めてフェリアは前を見た。

（……大丈夫）

もう一度強く、自分にそう言い聞かせる。

先に謁見の間で待っていたヴァレンティンは、フェリアを見るなり不機嫌な顔になった。なぜ、フェリアがここにいるのかと言いたそうだ。

その隣にいるセレナは、相変わらずとても可愛らしかった。以前のフェリアなら着るのをためらっただろう淡いピンクのドレスがよく似合っている。

明るい金の髪は、ピンクのリボンで上半分だけを束ねている。両手を胸の前で組み合わせて、祈るような目をクラウディオに向けている様子は、彼女の過剰な可愛らしさを演出している。

「用件はなんだ」

長々とした挨拶を省き、クラウディオは言い放った。

一瞬、気圧されたようにヴァレンティンは目を瞬かせる。彼もまた、以前とはあまり変わっていないようにフェリアの目には見えた。

「――香辛料を輸入させていただきたい」

「香辛料の輸入？　貴国は自分で交易船を出していたと思うのだが」

もちろん、クラウディオは海賊のことは知っている。知っていて、そう問いかけている。

それは、ヴァレンティンの方も理解しているのだろう。苦々し気な表情になって返した。

「近頃、我が国の交易船が海賊に襲われるという被害が出ている。積み荷を奪われ、香辛料を入手することができないのだ。貴国にも被害は出ているのではないか」

「——ない、とは言わないが」

クラウディオは、顎に手をあてて考えるようなそぶりを見せた。

「我が国も、潤沢に余っているというわけではない。香辛料は、生活に欠かせないものだからな。条件については、改めて詰めることにしよう」

輸出しない、とは言わなかった。香辛料がなくても、ある程度味付けをすることはできるが、ずいぶんと物足りない味になってしまう。

昔と違い、香辛料の流通は庶民の間にも広がっているから、香辛料の不足が続けば、民の間に不満を招くことはわかっていた。

「私からもお願いします、クラウディオ様」

可愛らしく両手を胸の前で組み合わせたままセレナが頼み込む。セレナを見て、クラウディオは忌々しげに眉間に皺を寄せたけれど、それ以上言葉にすることはなかった。

「善処しよう——今は、それだけしか言えない」

フォルスロンド王国とは違い、フロジェスタ王国では、商人達の船は王家が貸与しているものだ。そのため、どの商家にどの程度の商品があるのかは、王であるクラウディオもある程度把握していた。

近いうちに、商家の人間を集め、どの程度なら輸出しても問題ないのか打ち合わせを行うだろう。商人達の儲けには口を出さないから、普通に買うよりいくぶん高めの値段での取引になるのは間違いのないところだ。

「ひさしいな、フェリア・レセンデス」

「お久しぶりでございます、殿下」

ヴァレンティンの目が、上から下までじろじろとフェリアを見回す。フェリアが身に着けているのは、すべて最上級の品だ。

この国に来る時、必要最低限の品しか持参しなかったけれど、クラウディオはフェリアのために惜しみなく新しいドレスや宝飾品を与えてくれた。このドレスも、ずっしりとした宝石も、クラウディオからの贈り物だからヴァレンティンは見たことないはずだ。

「……この国では、何をしているんだ?」

「クラウディオ様が、私を妃にと望んでくださったので……今は、準備を進めているところです」

ヴァレンティンの前から担いで連れ去られたのだから、ヴァレンティンもフェリアの身に何があったのかはよく知っているはずだ。

だが、あえてそう問いかける理由はなんだろう。嫌な予感に、反射的に一歩後ろに下がろうとした。背中にクラウディオの大きな手が添えられ、はっと気を取り直す。

（クラウディオ様が、ついていてくれるんだもの）

「……フェリア嬢は、今、幸せなんですの？」

首をかしげて、セレナが問いかける。

「え、ええ……もちろん、幸せです」

背中にクラウディオの手を感じながら、口角を上げて返す。それは、半分自分に言い聞かせるためのものでもあった。

クラウディオに一礼し、ヴァレンティンとセレナが退室していく。その様子を見送り、大きく息をついたところで背中の手が外された。

「――フェリア」

フェリアの両頬を手で挟み、クラウディオはまじまじとフェリアの顔を覗き込んでくる。

「顔色が悪い。やっぱり、会わない方がよかったんじゃないか」

「そういうわけには……最低限の挨拶はすませました。歓迎会もありますが、なるべく距離を開けておくようにします」

ヴァレンティンは、以前とさほど変わっていないようだ。フェリアのことを見る目は、まるでごみでも見ているみたいだった。

昔は最低限のマナーは守ってお互い接していたのに、いつの間に、あんなに嫌われてしまったのだろう。

（……あの頃のことを思い出しちゃう）

何をしても、フェリアの行動は悪意を持って受け取られるようになってしまった。

ヴァレンティンとクラウディオは違うのだときちんとわかっているのに。

「今夜の歓迎会も、別に出席する必要はないんだぞ。お前は部屋で休んでおけばいい」

「そういうわけにはいきません。私が出席しなかったら、変な憶測を招くことになりかねないでしょう?」

両頬をクラウディオの手で挟み込まれたまま、フェリアは笑ってみせた。正面から顔を合わせているから、クラウディオはきっとわかってくれる。

ヴァレンティンに未練が残っているから、彼を歓迎する宴なのに、顔を合わさないように欠席したなんて噂になったら大ごとだ。

フェリアが誰を見ているのか、クラウディオはきちんとわかっているけれど、他の人達にまでは同じことは求められない。

「――フェリアは、本当に強いのだな。優しいだけではなく、強い。フェリアと出会うことができて、俺は幸せだ」

「わ、私もっ……！　クラウディオ様と出会えて幸せです」

大丈夫。

クラウディオには気づかれないよう、フェリアは心の中で自分に言い聞かせた。クラウディオはわかってくれている。

だから、大丈夫だ。

じっと見つめ合っていたら、クラウディオが顔を寄せてくる。そっと重ねられた唇は、彼の力をフェリアに分け与えてくれているようでもあった。

いきなりヴァレンティン達がやってきたものだから、歓迎会も慌ただしく用意されたものだった。

とはいえ、ここは王宮。王都に住んでいる貴族達にはすぐに使いが出され、隣国の王太子であるヴァレンティンと縁を繋ぎたい貴族達は当初の予定を断ってでも、王宮へと集まってきたので広間は多数の人で埋め尽くされていた。

侍女達が総動員で磨き上げてくれたフェリアは、ヴァレンティンの挙動を目で追っていた。

別に、彼に未練があるというわけではない。何度も自分に問いかけてみたけれど、一度もなかった。

ただ、ヴァレンティンが、この国の貴族達に何を話そうとしているのかそれが気になっていた。

(私の素行が悪かったと、もし、彼がこの国の人達に告げたらどう思われるかしら……)

療養施設の一件で、この国におけるフェリアの人気はかなり高い。長年の間、独身を貫き、身近に女性の影なんてまったくなかったクラウディオが、連れてきた女性だ。

フェリアに対して、否定的な見方をする人物はいなかったし、受け入れられていると思う。

(――悪いことにはならないわ。交渉が終われば、すぐに帰る人達だもの)

そう自分に言い聞かせようとするけれど、この国にセレナまで来ている理由が気になった。

普通大切な交渉の場に、婚約者という立場で同行するものではないと思う。

王太子であるヴァレンティンがわざわざこの場に来たということは、今回の取引が大切なものであるという意思を見せるためのものであるはずだ。

だが、大切な取引ならばなおのこと、婚約者というあいまいな立場の女性を連れて歩く必要性がわからない。

頭の中に浮かぶのは、フォルスロンド王国にいた時のこと。

フェリアの行動はすべて悪い方、悪い方に受け取られ、誰もフェリア自身を見てくれようとはしなかった。

今、同じようなことが起ころうとしているのではないだろうか。

（……クラウディオ様は、どこ？）

耳の奥に、自分の国にいた頃浴びせられた言葉の数々が蘇ってきて怖くなる。

こういう時、クラウディオならどんな言葉をかけてくれるのだろう。

フェリアは人波をかき分けるようにしてクラウディオの姿を探す。

周囲の人達より、頭一つ高いところにあるクラウディオの姿はすぐに見つけ出すことができた。

「クラウディオ様――」

だが、声をかけようとしてフェリアはそこで止まってしまった。彼の側に、見たくない女性の姿を見つけてしまったから。

（……なんで、彼女がこんなところにいるの）

セレナは、他の女性より小柄だから、クラウディオの陰に隠れていて見えなかったのだ。

背中を嫌な汗が伝う。心臓がばくばく言い始めて、頭がかっと熱くなる。

よせばいいのに、フェリアは二人の方に近づいてしまう。目を背けたいのに背けることができなかった。

「クラウディオ様、お願いです。我が国の人達を助けてください。このままだと――」

目に涙を浮かべてクラウディオに懇願するセレナの姿は、フェリアの目から見ても可憐なものだった。

さすがヒロイン、と言えばいいのだろうか。

クラウディオはこちらに背を向けているから、彼がどんな表情をしているのかフェリアからはわからない。

けれど、セレナの顔がぱっと明るくなる。一歩、彼女はクラウディオの方に踏み出した。

「クラウディオ様は、お優しいのですね。私にできることがあれば、なんでもおっしゃってください」

これ以上、ここにいてはいけない。

そんな思いが込み上げてきて、フェリアは身をひるがえして走り出した。

（やっぱり、同じことの繰り返しになるんじゃ……！）

だって、クラウディオの前に立っているのはヒロインだ。彼女にフェリアがかなうはずなんてない。

広間を一気に走り抜け、廊下に飛び出してから手を胸にあてる。ここで、気を静めなければ。三度、深呼吸を繰り返した。それでも、心臓は落ち着かない。

（こんな風に考えるのは、間違っているのに）

クラウディオのことを信じている。彼の気持ちに疑いを持ったことはない。

多少強引だったのは否定しないけれど、彼は極力フェリアの心が解けるのを待ってくれた。

それなのに、押し寄せてくるこの不安感はなんだ。

（行かなくちゃ、早く、行かなくちゃ……）

急き立てられるようにして、長い廊下を走り始める。すれ違う招待客や使用人が、ぎょっとした目を向けてくるのも気にならなかった。

どこに行くべきなのか、フェリア自身がわかっていたというわけではない。ただ、この場から逃げ出したい。それだけがフェリアの頭にあった。

自分の部屋に飛び込み、この国に来た時のトランクを引っ張り出す。

ヴァレンティンが奪われたのはまだいい。フェリアの方だって、ヴァレンティンに恋心を抱いたわけでもないし、愛していたわけでもない。

けれど、クラウディオは違う。フェリアのことを愛してくれた——フェリアだって、彼のことを愛していた。

それなのに、彼もまたセレナの魅力に吸い寄せられてしまったように見える。だって、あんなにも簡単にセレナの頼みを受け入れていた。

きっと、このままこの国にいたら、また同じことの繰り返しになる。

(……じゃあ、私はクラウディオ様のことを信じていないの？)

頭の中がぐちゃぐちゃだ。

クラウディオが、そんなにやすやすと心変わりしてしまう人だと思っているわけではない。それなのに、フェリアは勝手に不安になって。

トランクを引っ張り出したまではよかったが、そのまま床にぺたりと座り込んでしまう。

(どこに行くつもりなの。あてなんてあるの)

自分に問いかけてみた。あてなんて、あるはずもない。

(——それなら、このままここにいればいいんじゃないの)

心の奥から、そうささやきかけてくる声もする。その声には首を横に振りかけ、そして自分でもわからないままなおも問いかける。

クラウディオは、フェリアを愛してくれている。それなのに、セレナと話していたくらいで逃げ出したくなったのはなぜ？

(それは……私が、悪役令嬢、だから……)

クラウディオの側にいたら、この国にまでフェリアの悪い評判が広まった時、彼に迷惑をかけることになりかねない。

だから、これ以上、クラウディオの側にいるわけにはいかないのだ。クラウディオがフェリアのことを愛してくれていて、フェリアも同じ気持ちを彼に持っているのなら、なおさら。

半分、パニックのようになって目についた品を次から次へとトランクに放り込んだ。

クラウディオにもらった宝石は残していこう。持っていくのは、自宅から持ち出したものだけでいい。

急がないといけないのに、頭の中は真っ白で、手は止まりがちだ。

まだ、足りないものはあるだろうが、とりあえず一通りのものは詰め込んだ。持てるものだけ持って出ていこうとフェリアがトランクを手に立ち上がるのと同時に勢いよく扉が開かれた。

「——何をしている？」

険しい声と共に部屋に入ってきたのはクラウディオだった。今、この時に、彼が入ってくるとは思っていなかった。

「お前の様子がおかしいと、報告があったから来てみれば」

言葉も出ず、ただ、拳をぎゅっと握りしめた。

気ばかり焦る。クラウディオはきちんと話せばわかってくれる。

「な、何をって……私、ここにいたらいけないから、だから——」

出ていってどうなるというのだろう。

フェリア自身にもわかっていないというのに、そんな言葉だけが口をついて出た。

「誰が、お前がここにいてはいけないと言ったのだ？」

ノックすることもなく入ってきたクラウディオは明らかに怒っていた。彼のこんな表情は見たことがない。初めて顔を合わせた時のような威圧感。彼の迫力に、呑み込まれそうになる。

「そ、れは……」

後ろめたくて、フェリアの目がうろうろと泳ぐ。誰にも、直接言われたわけではない。

ただ、セレナの姿を見て、フェリアが一方的に劣等感をかきたてられ、不安に陥っただけ。

「だ、誰も……誰も言ってません……！」

目が熱くなり、涙が浮かびそうになるのを懸命にこらえる。いつの間に、こんなに弱くなってしまったのだろう。自分の国にいた頃は、正面からひどい言葉をぶつけられてもきちんとかわすことができていたのに。

「何もないのなら、お前がこんな風に混乱するはずないだろう」

「だ、だって、私が、勝手に」

瞬きを繰り返し、唇を引き結び、懸命にこらえようとするけれど止まらなかった。

唇が震え、その震えが肩に移る。さらに強く手を握りしめて、全身に力を込めるけれど、涙はフェリアを裏切った。

「ご、ごめんなさ……」

零すつもりなどなかったのに、一度溢れた涙は止まらない。

かたかたと震えながら、しきりに謝罪の言葉を繰り返すフェリアに向かい、クラウディオは深々とため息をついた。

「――言え」

低い声音で命じられる。フェリアはそれにも首を横に振った。

いくら命じられようが、言うことなどできないのだ。誰も、フェリアに決定的な言葉をかけたわけではない。ただ、フェリアが勝手に怯えただけのこと。

「どうした。言えないのか?」

クラウディオが、一歩こちらに近づく。慌ててあとずさろうとしたら、スカートの裾を踏んでよろめいた。いつもならこんなことはないのに、やはり動転しているようだ。

「……あっ」

転びそうになったところを、腕を強く摑まれる。身を離そうとする間もなく、震える身体がクラウディオの腕の中に抱き込まれた。

「だめ……クラウディオ様、だめ……クラウディオ様まで悪く言われちゃう……!」

「だから、誰がそんなことを言ったんだ」

問われても、クラウディオの言葉はフェリアの耳には届かなかった。

手を突っぱねて、彼の腕から逃げ出そうとするが、彼はそれを許さなかった。背中に回された腕にはますます力が込められ、呼吸するのもままならないくらいだ。

「だ、誰も言ってません! 誰も、悪くないから……!」

手足をばたばたさせて、クラウディオの腕の中でもがく。まったく要領を得ていないフェリアの言葉に、クラウディオは焦れたようだった。

「やだ、離して……私、行かなくちゃ！」

そう叫ぶと、不意に両足が宙に浮いた。一瞬の浮遊感があったかと思えば、傍らのベッドに投げ出されている。

背中が寝具に沈み込み、フェリアは茫然としてクラウディオを見つめた。今の衝撃で、頭が一気に冷えたような気がする。

「クラウディオ、様……？」

「俺がいないとフェリアはすぐに不安になるようだからな。俺の気持ちが通じていないようでは困る」

「――あっ」

シーツに押しつけられたかと思ったら、唇が重ねられる。呼吸まで奪うつもりなのかと思ってしまうくらい激しく貪られ、舌の絡み合う淫らな音が耳を打つ。

「んっ……ふっ……あっ、あぁっ……」

今、クラウディオはとても怒っている。それはフェリアにもよくわかった。こんなにも息が苦しくなるようなキスは今まで経験したことがない。

息苦しくなって、顎をのけぞらせて息をつけば、今度は首筋に噛みつくようなキスをされた。ちりっと痛みが走り、背中をしならせると、背中のボタンが飛ぶような勢いで外される。

「――俺以外のことは、考えなくていい」

「そ、それは……ひ、ぅ」

慣れた手つきで、クラウディオはフェリアの衣服を次から次へと剝いでしまう。彼に抱かれることには慣れたけれど、こんな風にフェリアだけ何も身に着けていない状態というのは初めてだった。

「見ないでください……見ては、だめ……」

シーツを引き寄せて懇願するも、クラウディオは聞く耳を持たない。胸の谷間に顔が沈んだかと思ったら、また、ちりりと軽い痛みが走る。

押しのけようとするフェリアの手を片方の手でまとめて押さえつけたクラウディオは、なおもあちこちに唇を落としてきた。

その度にじん、じん、と響く痺れは、甘痒い愉悦へと変化して思わず足をもぞもぞとさせる。

「んっ……ふぁ……あっ、あぁっ……」

自分だけ素肌をさらしているのは恥ずかしいのに、肌に唇が触れる度に吐息まじりに甘ったるい声を零してしまう。

身体をくねらせ、足の先でシーツをかくけれど、クラウディオはやめようとはしなかった。

あちこち触れられ、舐められ、軽く歯を立てられる。

身体も頭もふわふわしているのに、物足りない——それに気づいてしまった。

物足りないのは、確実な性感を得られる場所には触れてこないから。

乳房に口づけても、先端には触れない。ぎりぎり側まで舐め上げては、他の場所に移動する。

それは、下半身も同じ。腰骨を撫でられ、膝をくすぐられ、腿を指の先がかすめて、脚の付け根にいたる。

あらぬ場所がひくひくとしているのに、明確な快感は与えられず、ただ、ふわふわさせられ続けているだけなのだ。

「クラウディオ様……あっ、お願い――!」

ついには声に出して懇願してしまった。こんな風にされるのは物足りない。もっと深い悦楽が欲しい。

だが、彼はちらりとフェリアを見下ろしただけ。顔を寄せてきたかと思ったら、ふっと耳朶に息が吹きかけられる。

それだけで簡単に達しそうになって、フェリアは手足を跳ね上げた。

「はぅ……ん……」

身体を起こされ、そのまま背後から抱きかかえるようにされる。

身体を動かした拍子に、とろりと熱い蜜が滴り落ちた。その場所にはまだ触れられていないのに、身体は完全に発情している。

「――あっ」

フェリアの方は何も身に着けていないのに、クラウディオは着衣のまま。背中に彼の身に着けている衣服が触れて、それにもまた感じた声を上げてしまう。

両膝の間に、クラウディオの膝が割り込んできた。彼の脚に脚を搦め捕られると、彼が脚を開いただけフェリアの脚も開いてしまう。

身じろぎしただけで、再び愛蜜が滴った。シーツを濡らしてしまったのを悟り、染まった頰を隠すようにうつむく。

秘めておかなければいけないのに、膝を開かれたことによって無防備になったその場所にクラウディオの手が伸ばされる。

「――ここは、もうびしょびしょだな」

耳元でからかう声がして、フェリアはひっと息を詰めた。指の先で、濡れた淫唇の間を撫で上げられた。それだけなのに、下肢の奥が怪しくざわめく。

「んぅ……あっ、あぁ……」

ぬちゃぬちゃと耳を塞ぎたくなるような音がする。クラウディオはわざと音を立てるようにして、関節一つ分だけ指を差し入れてかき回してきた。

あさましい水音に反応して、奥の方はひくひくとしている。壊れたみたいに蜜を吐き出し続けているのに、肝心の場所は埋められないまま。

すぐ側にある淫芽はずきずきと疼いていて早く触れてもらえと訴えかけてくるのに、クラウディオはそちらには全然かまってくれない。

「や、あぁ……」

物足りなくて身体が揺れる。両脚を搦め捕られた不自由な姿勢で、少しでも奥深い悦楽を得ようと、懸命にもがく。

それでもクラウディオは、ひたすら浅いところをかき回し、淫らな水音を響かせるだけだった。

「フェリア、顔を上げてみろ」

背後からフェリアの頬に自分の頬をぴたりとくっつけながらクラウディオが言う。こわごわと顔を上げた先には、鏡台があった。

鏡面に映るのは、淫らな自分の姿。クラウディオの脚に膝を搦め取られ、大きく広げた中心には彼の手が沈み込んでいる。

もう片方の手は、形が変わるほど強く乳房を摑み、指の先でときおり先端をくすぐってくる。触れられる度に睫毛が震え、悩ましい吐息を零してしまう。

「――いやぁ……」

首を振ったのは、自分の肌にあちこち赤い印が残されているのを初めて知ったからだった。先ほどいたるところに口づけられた時につけられたのだろう。

白い肌に刻まれた印はあまりにも生々しく、それを意識したとたん、身体の中心が激しく疼く。

「顔を背けるな。ちゃんと見ろ」

「あんっ！」

自分の身体は、いったいどうなってしまったというのだろう。

半端な感覚にも簡単に燃え上がって、もっともっと強い愉悦をねだるのだ。自分の身体が、こんな風に変化するなんてどうしたら予測することができただろう。

「あぁ……だめ……そんなの……あぁぁん……！」

羞恥で頭の中は焼けそうなのに、ますます身体は深い快感を得ようと走り出す。

敏感な芽をクラウディオの指がかすめるように腰をくねらせたけれど、彼は巧みに指を動かしてそれをかわす。

「クラウディオ様、いや……見せないでぇ……」

顔を背けようとすれば、乳房に触れていた手が顎を固定する。

言うことをきけと言わんばかりに、秘所に埋められた指の動きが激しさを増す。

鏡に映る自分から目をそらしたいのに、そらすことは許されない。

どうしようもなく恥ずかしくて悲しいのに、それでも心の奥の方からは密やかな歓喜が押し寄せてくる。

まだ、クラウディオはフェリアを手放そうとしていない――と。そんな風に彼の気持ちを確認するのは間違いなのに、それでも心の歓びは止まらなかった。

「言ってみろ、フェリア。お前は誰のものだ？」

「あ、あなたの……クラウディオ様のもの、だからぁ……！」

ここから離れようなんて、考えるのではなかった。

涙で顔をぐちゃぐちゃにしながら、クラウディオに懇願する。

「だからどうした？　どうしてほしい？」

「ひぁんっ！」

問うのと同時に、胸の先を捻られる。先ほどから半端に触れられていたその場所は、触れられれば強い刺激を送り込んできた。

フェリアの身体が跳ね、強い刺激を得たいのだとクラウディオの前で見せてしまう。

「イ、イキたい……もっと……クラウディオ様、欲し……い……」

こんな刺激では、もう物足りなかった。もっと感じる場所を捏ねまわし、突き上げ、抉《えぐ》ってほしい——彼自身で。

もどかしくてめちゃくちゃに身体を揺すり、もっと強い喜悦をねだる。その拍子に、指の根元が淫芽をかすめ、それだけですさまじい刺激が走り抜けた。

「ずいぶん欲張りなのだな、フェリアは」

「だって、あっ……クラウディオ様、が……！」

濡れそぼった花弁がぱくりと開かれ、指が沈み込む。内側の感触をたしかめるように、指が肉壁をたどり、感じる場所を探り当てる。

声もなく、フェリアはのけぞった。激しい灼熱が背筋を駆け抜けて、頭の中が真っ白になる。

ぴんと全身を突っぱねて、待ち望んだ愉悦の園めがけ一気に駆け上る。

身体全体がぶわっと浮き上がるような感覚があったけれど、それだけでは止まらなかった。

「あ、あぁっ……イッた、イキましたぁっ……！」

達したのを彼は知っているはずなのに、指の動きは止まらない。わざと音を立てて秘所全体をかき混ぜ、同時に張りつめた肉芽を指の根元で擦り上げる。

びくびくっとまたもや痙攣して、クラウディオの腕の中で身を捩る。

「も、もう……あぁぁっ！」

中をかき回す指の動きはますます激しさを増し、容赦なく弱いところを的確に攻め立てられる。一度走り始めた身体は止まらない。

「あっ……はぁっ……ん、んー！」

また、快感の果てまで飛ばされた。達する度に、絶頂は長く深くなっていくものだから、逃げ出すこともできない。

何度、追い上げられたのか——数えることもできなくなった。

かすれた声を漏らして首を振ると、ようやく指が引き抜かれる。クラウディオに完全に体重を預けてしまい、ただ、肩で息をついた。

「——フェリア」

「……ふ、ぁ……」

半分意識が飛びかけたフェリアの身体が、ふわりと持ち上げられた。そっとシーツの上に横たえられ、それまでクラウディオに搦め取られていた手足がようやく楽になる。

「すまん、やりすぎた。水を飲むか」

声が出なくて、こくりとうなずく。

側に置かれていた水差しからグラスに水を注いだクラウディオは、そのグラスを自分の口に運んだ。唇を重ねられ、彼の体温を移した水が中に注がれる。

「……もっと」

乾いた唇を湿してそうねだれば、同じ行為が繰り返された。起き上がらせて、グラスで水を飲ませればよさそうなものなのに、ねだる度に口移しで水が与えられる。

最後の一口を口移しされ、名残惜しげに離れていくのを、彼の首に腕を回して引きとめた。

「もっと、もっとクラウディオ様が、欲しい……です」

今日の自分は、どうかしてしまっている。逃げ出してみたり、こんな風にすがってみたり。

「すっかり、欲張りになったな。まだ不満足か」

「クラウディオ様のせいです……」

少しばかり、膨れた表情。こんな顔を見せられるのだけはクラウディオだけだ。

やはり、彼の前から逃げ出すなんてできない。それを、改めて思い知らされた。

「何を見ている？」

「クラウディオ様を。クラウディオ様を見ていたら、強くなれるような気がして」

その発言に、彼は驚いたように目を瞬かせた。

「それなら、ずっと見ていればいい」

しゅるりと衣擦れの音がして、クラウディオが身に着けていた上着が床の上に放り出される。待ちきれずに、フェリアの方から手を伸ばした。シャツのボタンを飛ばしそうな勢いで外し、そのまま自分の方へと引き寄せる。

「こら、まだ俺は全部脱いでないぞ」

「……いいの」

半端に衣服をまとわりつかせたクラウディオに、自分から抱きついた。首と肩の境目あたりに鼻を擦りつけ、半端なシャツをくいっと引っ張る。

フェリアは手探りでベルトを外し、トラウザーズをずらす。位置的に見ることはできなかったけれど、クラウディオの熱が手に触れて、なんだか妙に安堵した。

「──フェリア」

クラウディオが名を呼んでくれる。その声音だけで、またもや天国まで押し上げられそうになった。本当に、今日のフェリアはどうかしているらしい。

ゆっくりと脚を開かれ、間に熱を帯びたものがあてがわれる。もう、慣らす必要なんてなかった。

クラウディオがじわりと押し入ってくると、とてつもない切なさが身体の中で脈を打つ。

「あっ……あぁ──」

陶然とした声が、唇から零れた。ゆっくりと身体を重ねるのもいい。

乳房を揉み立てられると、それに呼応して媚壁がうねり、先ほどまでの性急に押し上げられた絶頂とは違って、ふわりふわりと意識が上昇する。

今までの強引さが嘘のように、身体を重ねた後のクラウディオは優しかった。無理に快感の極みに追いやることもせず、フェリアのペースに合わせてくれる。

──愛されているのだ、とここまで強く感じた交わりは初めてかもしれなかった。

先ほどの自分の行動の愚かさを、改めて突きつけられたのも否定はできないけれど。大丈夫、クラウディオはここにいる。

「お願い、一緒に……」

もう、自分一人だけ快感を味わうのは嫌で、共に果てたいと願う。

精を体内に迎え入れた時、身体だけではなく、今まで以上に心も繋いで。彼の愛情を思い知らされたような気がした。

「……ごめんなさい。嫌わないで」

時間をかけて焦らされ蕩かされ、その上で何度も絶頂を味わわされた身体は重い。

それでも、懸命に腕を伸ばして、クラウディオに縋りつく。逃げ出そうとしたのはフェリアの方なのに、彼に嫌われるのがこんなにも怖い。

「——嫌うはずなどないだろう。ただ、俺から逃げようとするな。俺が嫌になったのなら、自分の口からそう言え」

「い、嫌になったわけでは……」

彼のことを、嫌になったわけではない。むしろその逆だ。彼に対する好意がどんどん大きくなっていて、けれど、自分は足を引っ張るだけではないかと思わされて。

そうしているうちに、置いてきたはずの過去に追いつかれて、必要以上に動揺してしまったのだ。

「——それなら、いい。ま、嫌になったと言われても、逃がしてやるわけにはいかないがな」

「それって……」

フェリアの意思はまったく受け入れてくれる気はないということではないか。でも、フェリアはその言葉を呑み込んだ。

クラウディオが、なぜ、そういう風に口にしたのか、なんとなくわかってしまったから。

「逃げたりなんてしません——だから、嫌わないで」

「嫌いになんかなるものか」

その一言で、フェリアがどれだけ安堵したことか。たぶん、クラウディオはそこまで意識しているというわけではないだろう。

だが、その一言で安堵したフェリアは、ますます強くクラウディオにしがみついた。

◇◇◇

——嫌わないで。

フェリアの口から出た中で、それは一番痛切な言葉だった。

(まったく、俺は何をやっているんだ)

まだ、涙のあとの残るフェリアの目じりにそっと触れる。長い手足を絡めるようにして、フェリアはクラウディオにぴたりとくっついたまま眠りに落ちている。

以前から、気になっていなかったと言えば嘘になる。

身分も容姿も優しい気持ちも、何もかも持ち合わせているくせに、ときおり、妙に怯えた目をすることがあるのは気づいていた。

母国にいた頃の悪評も、それが捏造されたものであることも、クラウディオはわかっている。いや、わかっているつもりだったのかもしれなかった。

（俺も、まだまだだ）

深く反省したのは、ついうっかり暴走したからだ。しばしば暴走している自覚はあるが、今日のような暴走のしかたは今までなかった。

セレナの思わせぶりな行動もひっかかる。まるで、フェリアとクラウディオの間にひびを入れようとしているかのようだ。

（交渉をまとめて、さっさと帰ってもらうか）

海賊が出るというのは、特に珍しい話でもないが、今回はひょっとしたら海賊を統率するような大物が出現しているのかもしれない。

フェリアの柔らかな髪を撫でながら、考え続ける。近いうちに、自分で出ることも考えなければいけないかもしれない。

第八章　ハッピーエンドはあなたと共に

クラウディオとヴァレンティンの交渉はなかなか進んでいないらしい。らしいというのは、フェリアは会談の場には同席していないからだ。

クラウディオは、フェリアとヴァレンティンやセレナが接触するのを嫌がっている。それをフェリアもわかっているので、勝手な行動は取らないようにしていた。

（あんな現場を見られたのだから、それもしかたないわよね……クラウディオ様は、いつも私のことを気にかけてくださるから）

フェリアが逃げ出そうとしていたのを見ていたクラウディオが、フェリアに負担をかけるような真似をするはずがない。

フェリアは結局、クラウディオの好意に甘える形になってしまうけれど……。

だが、気になるものは気になるのだ。部屋で刺繍をしてみたけれど落ち着かず、侍女達にも少し離れたところから見守ってもらって、庭園に散歩に出た。

（今日で、交渉が始まって一週間……いつになったら終わるのかしら。簡単にすむ話ではないのもわかっているけれど）

一時的な対応にしかならないから、今回、香辛料を輸出して終わりというわけにはいかないだろう。

長期にわたって、香辛料を輸出するための契約を結ぶのであれば、時間がかかるのもわかる。だが、それでも根本的な解決ではない。

「――それは、この国にいるあの女のせいだろう！」

窓はしっかりと閉じられているのに、そんな言葉が響いてきた。

今の声は、ヴァレンティンだ。それから誰かが彼をなだめているらしい声が聞こえたけれど、何を話しているのか、誰の声なのかまではフェリアにはわからない。

フェリアはあたりを見回し、自分が会談の行われている部屋の近くに来てしまったことを知る。

ぱっと窓が開かれ、そこにいたフェリアは飛び上がった。窓を開いたのは、セレナだった。彼女は会談の場にまで同席しているらしい。

「少し、落ち着きましょう……ヴァレンティン様も、クラウディオ様も……そんな風に頭に血が上っていては、話をまとめるのは難しいのではありませんか？」

窓を開いたのはセレナだった。

（……セレナ嬢は、会談の場に同席しているというの）

ヴァレンティンについてきただけでも驚きだというのに、まさか会談の場にまで同席するとは。たしかに、ヴァレンティンがクラウディオと交渉している間、セレナが何をしているのかまでは気が回っていなかった。

吹き抜ける涼しい風に髪をなびかせたセレナは、フェリアがそこに立ち尽くしているのに気づくと目を細めた。

たしかに今、目があった。だが、彼女はくるりと向きを変え、こちらに背中を向ける。

「……たしかに、フォルスロンド王国の船ばかり襲われているのはおかしいですよね。国を追い出されたことを恨みに思っている可能性も否定はできませんわ。もちろん、フェリア様がそのようなことをするはずないと信じていますけれど」

何でもないように話すセレナの声音に、フェリアは背筋が凍えるような思いをした。目が合ったのに、彼女はフェリアを見なかったふりをしている。

(……国を追い出された恨みって……私のことじゃないの)

ここから離れなければならない。これ以上、この話を聞いてはいけない。

そう頭ではわかっているのに、身体が言うことを聞いてくれない。棒立ちになったまま、聞こえてくる言葉に耳を傾けるしかなかった。

「我が国の船も襲われているが？」

冷静なクラウディオの声が聞こえてくる。彼の声に凍り付いていた身体が溶けたようだ。

(……大丈夫、クラウディオ様は私を信じてくれている)

恐怖に押しつぶされそうになっていた身体が、クラウディオの声だけで楽になる。

「だが、死者はほとんど出ていないのだろう。我が国の船は、多数の死者を出している。我が国に対する恨みが、大きいからそうなるのでは？　いや、フロジェスタ王国の船が、本当に襲われたというのも怪しい話だ。いくらでもでっちあげることができる」

そう言うヴァレンティンは、クラウディオを馬鹿にしているのだろうか。そんな彼の心情が声音に表れている気がする。

（……クラウディオ様のことを馬鹿にしないで！）

かっと頭に血が上った。自分のことを言われる分にはかまわないが、クラウディオのことを悪く言うなんて許さない。

「――馬鹿馬鹿しい！」

テーブルに何かを叩きつけるような音がして、今、まさに声を上げようとしていたフェリアは飛び上がった。

クラウディオの吠えるような声は、今まで何度か聞いたけれど、今が一番大きく激しいようだ。

「話はここまでだ。即刻、国に帰るがいい」

がたりと椅子を引く音がしたかと思ったら、どかどかと足音がして、さらにはバァーンと扉を叩きつける音が響く。

その音で、ようやくフェリアは我に返った。

（クラウディオ様のとこに行かなくちゃ……！）

今まで固まっていた身体が、クラウディオのことを思えば急に軽くなる。

フェリアは身をひるがえし、行儀悪いのはわかっていても、クラウディオの執務室めがけ走り始めた。

両手で持ち上げたドレスの裾が、ばたばたと揺れる。華奢な靴は走るのには向いていないはずなのに、今は足が軽々と動く。

フェリアが執務室に飛び込んだ時には、クラウディオは大きなデスクに座っているのではなく、壁に貼り付けた地図の前に立っていた。

「――クラウディオ様！」

「どうした」

いつもなら淑女としてのマナーをきちんと守るフェリアが、ノックもせずに飛び込んできたのにクラウディオは少しばかり驚いたようだ。

こちらを振り向いた彼は、先ほどまでの激高した雰囲気はまるで感じさせなかった。その表情にほっとして、フェリアはそっと彼に近づく。

「ごめんなさい。庭園にいたから聞こえちゃったんです……私のことなら、大丈夫なので、あまり怒らないでください」

「……暴利な金額での取引を持ちかけるぞ？」

そんな発言を真顔でするクラウディオに向かって、くすくすと笑いながらフェリアは手を差し伸べる。

クラウディオが一歩こちらに近寄ってきたかと思ったら、すっぽりと彼の腕の中に包み込まれた。

フェリアより、ずっと大きな彼の身体。心臓のあたりに額を押しつければ、心臓がとくとくと規則正しく動いているのが伝わってくる。

「――たしかに、フォルスロンド王国の船の方が被害が大きいのは否定できないが、こちらは王家からの貸与の船だからな。船員の中には、王宮騎士団と共に訓練をした者も何人も混ざっている」

船は、各船の乗組員達が守るのが鉄則だ。けれど、フロジェスタ王国の船は、王家の持ち物を商人達が借りるという形を取っている。

その分、船主達の危機管理意識も高く、若い乗組員達は陸に戻る度に王家の騎士団達と共に訓練している。被害が少なかった裏には、戦い慣れしているという事情もあるだろう。

「だから、こちらの船の被害が小さいのは、それほど不自然でもないんだ。少なくとも、きちんとした訓練を積んでいるのだから」

「……でも、ヴァレンティン殿下にとっては不自然に思えるのでしょう。私が、海賊と何か関係があるとまで想像しているとは思ってもいませんでしたけれど」

「想像じゃなくて妄想だろう。よくも、あそこまでとんでもない妄想を口にできたものだ」

ゆっくりと背中を上下する、クラウディオの手は優しい。セレナと顔を合わせた時の嫌な気分が、手が上下する度に少しずつ解けていく。

フェリアを腕の中におさめたまま、クラウディオはなんてことないように問いかけてきた。

「……どうしてあいつはお前につらくあたるんだ？　フェリアが不愉快な言動をとったというのならまだわかるが、俺の目にはそうは見えなかった」

「それは、私にもわかりません。ただ……親が決めた婚約者だから、嫌だったのかも」

親が決めた婚約者だから諦めて受け入れたフェリア。

親が決めた婚約者だから反発したヴァレンティン。

二人の間には、越えようのない、高い壁があったということなのかもしれなかった。

「……そうか。フェリア、俺は海賊退治に乗り出そうと思う。この分では、あいつは自分の国に戻らないだろう。それもまたうっとうしいしな」

「うっとうしいって……」

くすりと笑って、フェリアは顔を上げた。

クラウディオは、本気でヴァレンティンがうっとうしいのだろう。彼の代になったら、国家としての交流も始まるはずなのだけれど、その点についてクラウディオは言及しようとしなかった。

「でも、心配です」

海賊がいなくなるに越したことはないが、クラウディオ自ら乗り出していくというのも心配だ。

海では何が起こるかわからない。

流れ矢にあたるかもしれないし、船が沈むことだって考えられる。けれど、そんなフェリアの不安を、クラウディオは笑っていなしてしまった。

「俺は、俺が出ていく必要があると思ったからそうするんだ。フェリアは悩まなくていい」

そう言われても――けれど、それ以上フェリアに口を挟むことをクラウディオは許さず、翌日から出撃の準備が進められることになった。


イザークはクラウディオを止めてくれるかと思ったけれど、そんなことはなかった。準備の合間に、イザークの様子を見に行ったフェリアは、素直に疑問をぶつけてみた。

「イザークは、クラウディオ様が出撃するのに反対しないの？　だって、王様なのに」

「まー、あの人が決めたら動かすことはできませんからねぇ。一応、次の王様も決まってるんで、あまり心配しなくても大丈夫じゃないですか」

「そういうことを言いたいんじゃないんだけど……」

イザークがこんなにのんきなので、ますます心配になってくる。次の王様は決まっていると簡単にすませていい問題ではない気がする。

だが、こういう事態にはクラウディオの部下達は慣れているらしい。

三日という驚異的な短さで出発の準備は完了してしまった。

「……無事に、帰ってきてくださいね」

「お前の名をつけた船に乗るんだ。無事に帰るに決まっているだろう」

クラウディオが乗り込むのは、以前フェリアを乗せてくれた船だ。いくぶん他の船より小さいけれど、その分小回りが利くということで選んだそうだ。

「フェリアは、俺の幸運の女神だからな」

「そうなれたら……いいんですけど」

もじもじとしたフェリアの手にあるのは、ハンカチだ。海の女神の姿を刺繍してある。

「もし、よかったら……お守りというわけでもないのですけれど。その、これでお守りになるかどうかもわからないですけど……」

クラウディオに向かい、ハンカチを差し出す。出来としては悪くないと思う。

（……気に入ってくださるかしら、どうかしら）

「ありがとう、フェリア！　これは、最高のお守りになるな。最高の出来だ」

「ク、クラウディオ様……！　そ、そういうのは困るんです……！」

人前だというのもかまわずに、派手な音を立ててキスされる。そんな二人の様子を、ヴァレンティンとセレナは目を丸くして見ていた。

「十日だ。十日後には戻ってくる」

フェリアの頬を人差し指でつつきながら、クラウディオは宣言する。フェリアの不安を吹き飛ばそうとしているらしく、彼の表情に暗いところはまったく見受けられなかった。

「行きに三日。二日で敵を殲滅《せんめつ》し、一日はあと始末。そして、四日で戻ってくる。ほら、ちょうど十日だろう」

帰りの方が時間がかかるのは、潮の流れと風の向きの関係らしい。本当に十日で戻ってこられるんだろうか。

眉尻が下がって、情けない顔になっているフェリアを見て、クラウディオは小さく息をつく。

両手で頬を挟んで顔を固定された。今まで何度も同じようにされたけれど、そうされる度にフェリアの胸はざわつく。

「そんな顔をするな。俺を信じて待て」

「……はい」

クラウディオにそう言われたら、フェリアは黙ってうなずくしかなかった。

◇◇◇

フェリアから渡されたハンカチには、見事な刺繍が施されている。

今、クラウディオが身に着けるシャツの襟にはすべてフェリアによる刺繍が施されているが、このハンカチを見る限り、最近また一段と腕を上げたのではないだろうか。

「フェリアは何をやっても完璧だな」

クラウディオにとって、フェリアは完璧な相手なのである。自己否定しがちなところは困ったものではあるが、そこも含めて完璧なのだ。

「にやにやするのもけっこうですがね、俺達にとっては目の毒なのでさっさと片付けてくださいよ。それは、海賊退治の当日最高のお守りってことでしまっといてください」

「……おう」

十日で戻ると言ったものの、十日も待たせておくつもりはない。ヴァレンティンと彼の連れてきた婚約者はフェリアから隔離するように命じておいたが、あの二人はどうも好かない。さっさと海賊退治を終えて、自分の国に戻ってもらおう。

「……イザーク」

「はい、なんでしょう?」

思えば、この側近にもずいぶん助けられている。多少の無茶が通るのも、常に背後にイザークがいて、確実に手を打ってくれると信頼しているからだ。

「風を呼ぶぞ」

「――はい?」

「あとな、潮の流れも適当に見ておく。そう伝えろ」

「適当にって!　適当にって、普通はできないんですからね!」

悲鳴まじりの声を上げながらも、イザークは命令どおり、指示を出しに離れていく。

風を呼べるかどうかはともかく、潮の流れは読むことができる。表面的には、どれだけ海が凪《な》いでいるように見えても、その中に流れは存在するのだ。

「……イザーク!　風向きが南に変わるぞ。帆の角度を調整しろ」

腕を組み、自分の考えに沈んでいても、風向きが変わる気配を察知し、すかさず次の指示を出す。

「風向きが変わるのはありがたいですが、なんでこのタイミングなんでしょうね？」

「俺がそう望んだからだ」

「それって、普通じゃないですからね！　何をそんなに焦ってるんですか？」

「別に焦っているわけでもないんだがな――さっさと面倒なことは終わらせて帰りたい」

あちこち指示を出し終えたイザークが、クラウディオの右に立った。

「長いこと船に乗ってますが、あなたにはかないませんね。潮の流れを読むのも、風を読むのも――で、何が心配なんですか？　フェリア様は、元婚約者には興味ないですよね？」

その点はまったく心配していない。

ひとつ、心配しなければならないことがあるとすれば。

「あの王太子は単純だからまだいいんだ。やっかいなのは、一緒にいる娘の方だ」

両腕を組み、海面をにらみつけながら考える。

フェリアの話を聞く限り、彼女が出現する以前は、元婚約者との関係はさほど悪くはなかったようだ。悪くはなかったというだけで、恋愛感情なんて一度も持ったことはないようではあるが。

「ああ、あのふわふわした感じの？」

ふわふわしたというイザークの言葉に、眉間に皺が寄る。口角が下がって、露骨に不機嫌な表情になったのに、イザークは目ざとく気がついた。

「俺の好みじゃないですが、なかなか可愛らしい人だと思いますが」

「見かけだけだ。俺もあと二十若ければ騙されたかもしれないがな」

セレナの見た目は、たしかに美しい――のだろう――と思う。女性の容姿については、あまり深く考えたことはないので、たぶん美しいのだろうとしか思えない。

何度か話をしたことはあるが、こちらの懐に入り込もうとする手練手管は、貴族の娘とは思えないほど巧みだ。

その反面、根本的に考えが浅いので、ちょっとつつけばすぐにぼろが出るが。

「そういうものですかねぇ……俺も女性を見る目には自信がないですからねぇ……先日も、騙されたばかりで」

冗談めかした口調でイザークが言う。だが、クラウディオが何を心配しているのかは、すぐに気づいたようだった。

「急いだ方がいいですね。大将は風と潮を読むのに集中してください。あとは、こっちで引き受けるので」

「――頼む」

とにかく、今は目の前の海賊に集中すべきだ。

留守にしている期間をどれだけ縮められるかは、クラウディオにかかっている。

ほとんど休まず、海をにらみつけ続けること二日。予定の日数を一日短縮し、海賊の出没する地域に到着する。

「イザーク、半分連れて、西に回れ。一気に殲滅するぞ」

「無茶はしないでくださいよ。フェリア様が悲しみますからね！」

「無茶をするほどの相手でもないだろう！」

半数の船を率いて離れていくイザークに、片手を上げて検討を祈る。それから、ポケットに入れたハンカチにそっと手を触れた。

フェリアと女神がついているのだから、負けるはずなどないのだ。

◇　◇　◇

本当に、十日で戻ってこられるんだろうか。

クラウディオがいなくなった王宮は、なんだかいつもより広くて静かに感じられる。

だが、フェリアにはフェリアのやらなければならない仕事がある。自分の部屋にこもりきりというわけにもいかないし、フェリアは毎日クラウディオの執務室に足を運んでいた。

執務室には、今はフェリア用のデスクも用意されていた。ちらりと横に視線を向け、大きなデスクが空であることにため息をつく。

クラウディオがいないと、この部屋も、とても広く感じられてならない。

(……あとは、何をしたらいいの)

クラウディオから譲られた屋敷を改造した療養施設は、大急ぎで工事が進められている。

海賊に襲撃された船の乗組員達は全員退院したが、海賊退治の最中に怪我をして戻ってくる人は何人も出るはずだ。

（お医者様の手配はすんでいる。厨房の工事は昨日終わった。それから、医薬品も手配してあるし、食料も運び込んである。寝具も大丈夫）

何人収容する必要が出てくるかわからないから、薬も食料も多めに用意してある。

貴族達がクラウディオに協力したいと思う気持ちは本物らしく、今回も寄付金は多額になったし、医療品や寝具などの実用的な品を贈ってくれる者もいた。

どこの誰からどんな寄付があったのか、きちんと記録をつけてあり、クラウディオに近しい人物からの寄付については、フェリアの手で礼状をしたためるという仕事も発生する。

今日書かねばならない礼状すべてを書き終え、フェリアはほっと息をついた。窓の外にヴァレンティンが立っている。

（……さっさと自分の国に帰ればいいのに。ここにとどまって何をしているのかしら）

と、思うのは、クラウディオが出立して以降、なぜかヴァレンティンが視界に入る回数が格段に増えたからだろう。

海賊退治の結果をきちんと確認するまで、ヴァレンティンは祖国に戻れないのだろうということはわかっているが、あまりにも目障りなのでついそんな風に思ってしまう。

イザークはクラウディオに付き添っていってしまっているために、この部屋には今、フェリアの他三人の文官がいるだけだ。

彼らはいつもどおりの仕事をしていて、部屋の中はしんとしていた。フェリアが小さく息をついても、こちらにはちらりと視線を向けるだけ。

(……そうね、自分の仕事はちゃんとしないと)

まだ王妃ではなく婚約者という立場ではあるが、療養施設については、フェリアに一任されている。窓の外にヴァレンティンがいたからといって、気を散らしている場合ではない。

「療養施設に派遣する使用人の選定は、終わっていますか?」

「こちらに一覧が。看護人については、もう現地で待機しています」

「ありがとう。看護人の一覧もいただけるかしら」

掃除をしたり洗濯をしたりという作業は雑務にも思えるが、療養施設である以上、きちんとした人材を派遣しなければならない。

その選定については一任したが、誰が選ばれたのかフェリアも確認する必要がある。

疑問があれば、同じ執務室にいる文官に確認しながら作業を進めた。

「……私は、今日はこれで失礼するわね。あなた達も、残業にならないように気をつけてください」

フェリアが立ち上がったのは、日がだいぶ傾きかけた頃合いだった。

(今日も食事は部屋に運んでもらおう)

いつもは正餐室で夕食をとるが、ヴァレンティンとセレナが滞在している今、そこに行けば嫌でも彼らと顔を合わせることになる。

朝食はフェリアも彼らも部屋でとる。彼らがどうしているかは知らないが、フェリアは、昼食は執務室で簡単にすませるから、顔を合わせる可能性があるとしたら夕食の時だけ。

（本当ならおもてなしをしないといけないのかもしれないけれど……）

クラウディオが留守にしている今、本来ならば彼の婚約者であるフェリアが、ヴァレンティンとセレナをもてなすのが筋かもしれない。

（結局、クラウディオ様に甘えてしまっているのよね……）

クラウディオは、フェリアが彼らと顔を合わせないですむよう、手はずを整えてくれた。わざわざ相手をする必要はないと、言葉にして告げてもくれた。

あまり誉められた態度でないのはわかっているが、彼らと関わり合うと嫌なことばかり思い出してしまうのだ。

執務室から自分の部屋までは慣れた道のりだ。こうやって、廊下を歩きながら考える時間もフェリアにとっては貴重なものだった。

「……本当に、明後日戻ってくるかしら」

クラウディオは十日と言っていたけれど、きっともう少し時間がかかるだろう。

船や海上での戦いについて知識があるわけではないが、十日で戻ってくるというのはあまり例がないような気がする。

（クラウディオ様が戻ってきたら、侍女達にお休みをあげるのもいいかもしれないわね）

クラウディオが留守にしている間、侍女達はいつも以上に熱心に職務に取り組んでくれている。彼女達も疲れているだろうし、休みをとってもらうというのはいい考えかもしれない。

（……会いたい）

不意に、そんな想いが胸に浮かんだ。この王宮はあまりにも広い。

日頃王宮で生活している人の大半がクラウディオに同行しているため、いつも以上にしんとしているというのもあるだろうけれど、それにしたって広すぎる。

「――フェリア！」

不意に名前を呼ばれ、フェリアは足を止める。後ろから追いかけてきたのがヴァレンティンであることに気づいて、眉間に皺を寄せた。

彼がフェリアを呼び止めるなんて、いったい何があったのだろう。また、何か嫌味でも言われるのではないかと心の中で身構える。

もう、黙って彼の言いなりになったりしないのだ。今のフェリアには、フェリアを大切に思ってくれる人がいるのだから。

「ご用件はなんですか？」

「や、用というほどのこともないんだがな、姿が見えたものだから」

こちらを見るヴァレンティンは、以前と少し変わっただろうか。セレナと出会う前の彼とも違う。セレナと出会った以降の彼とも違う。

フェリアを見る目は、なんだか少し、憂いを帯びているようにも見えた。やはり、クラウディオとの交渉がうまくいかずに、気をもんでいるからだろうか。

なんて思ったのは一瞬のこと。

「……そうですか」

それなら、わざわざ足を止める必要もなかった。用事がないというのなら、フェリアは自分の部屋に戻るだけだ。挨拶はすませたし、もう行っても問題ないだろう。

再び歩き始めたけれど、なぜかヴァレンティンはフェリアと並んでついてくる。

(用はないって言ってたのに)

ヴァレンティンがフェリアに話しかける理由といったら、ろくなことではない気がする。何を言われてもいいように、身構えるだけではなく、心の中で鎧を装着した。

「フェリアは、王太子妃になるための準備はどうしていた」

「準備って……週に五日、王宮に上がって、教育を受けておりました」

ヴァレンティンの方には見向きもせず、まっすぐ前を向いたままフェリアは歩き続ける。

(——本当に私に興味がなかったのね、この方は)

自分にも、ヴァレンティンにもあきれてしまう。

セレナと出会う前も、彼との間には優しい友情めいた感情は存在していたと思っていたのは、フェリアの誤りだったようだ。

フェリアを友人だと思っていたら、週に五日王宮に上がっていたことくらいとっくに気づいていただろうに。

「週に五日？」

「ええ。あとの二日のうち一日は、王妃陛下の公務に同行していましたから、これも教育の一環でしょうね。残る一日が、家族や友人と過ごすための時間です」

王妃の開いた茶会や昼食会で友人と顔を合わせることもあったから、正確に言えば休日以外の日も友人達とは会うことができた。

だが、王妃が見ている前では気の置けないおしゃべりなんてできるはずもなく、あたりさわりのない会話をして終了。常に、窮屈な生活を送っていた。

「……そんなに大変だったのか。よく、こなせたものだな」

「嫌とは言えませんでしたから」

最初から、嫌だと口にすることは許されていなかった。決まってしまった以上、フェリアにはどうにもできなかったのだ。

だから、せめて自分の評判を落とすような真似だけはすまいと心がけてきたつもりだったけれど、その結果が婚約破棄だなんて笑ってしまう。

「それは、俺を愛していたからだろう」

思わず、足を止めたフェリアは沈黙した。

今、ヴァレンティンの口から出てきた言葉があまりにも信じられなくて。

彼はなんと言ったのだろうか。聞き間違いに決まっている。

「今、なんておっしゃいました？」

あまりにも信じられなくて、つい聞いてしまった。ヴァレンティンの顔を、正面から見つめて。

（……ヴァレンティン様とは、目の高さがほとんど同じなのね）

そんなことに、今になって気づくなんて。二人の間には、友情くらいはあったと思っていたけれど、何もなかったという方が正解なのかもしれない。

「俺を、愛しているから――違うか？」

「違いますね！　いったいどこからそんな話が出てきたんです？」

自分でも驚くほどに大きな声が出た。

（なんて、馬鹿馬鹿しいのかしら！）

ヴァレンティンを愛したことなんてなかったし、それは彼もよく知っていたはずだ。

二人の間に合ったのは義務感と――それを超えたほんのわずかな友情めいたもの。友情さえなかったのかもしれないと思い至ったのは今だけれど、まさか、今、この時になって愛なんて言葉が彼の口から出てくるとは思ってもいなかった。

「……どこから、そんな馬鹿な考えが浮かんだのです？　だいたい、あなたは私のことなんてお嫌いでしたでしょうに。私があなたを愛していた……？　どうしたら、そんな風に思えるのでしょう？　どこかで悪いものでも召し上がったのですか？」

もう、ヴァレンティンに怯える必要などまったくないのだ。

真正面から彼の目を見つめ、きっぱりと言い放つと、ヴァレンティンは眩しそうに目を細めた。そして、深々とため息をつく。

「――セレナのことなんだが」

「よくお似合いだと思いますけど」

（まさか、私にセレナ嬢とのことを相談しようなんて思っていないわよね？）

嫌な予感に、顔をしかめてしまう。

あんな形でフェリアとの婚約をなかったことにしたくせに、そのフェリアにセレナのことを相談しようというのだろうか。

「王太子妃、つまり未来の王妃としての教育が始まったが、彼女はまったく学ぼうとしない。フェリアと比較する声があまりにも大きいんだ。それで、俺は間違っていたのかもしれないという考えにいたった」

「私とセレナ嬢に差があるとすれば……学んだ時間の長さでは？　私は、十年もの間、修業してきたのですからセレナ嬢との間に差があっても当然だと思います」

今、ヴァレンティンに説明したように、十年の間フェリアに休日らしい休日はほとんど存在しなかった。家族と過ごす時間でさえ大半は王家に捧げることを要求された。

望んでいなかった淑女教育を受けさせ続け、国一番の淑女となることを求めてきたくせに、フェリアの手柄はすべて取り上げられた。

「フェリアは、完璧な淑女だったのだな」

当たり前だ。

そうふるまうように、人生すべてを捧げてきたのだから。フェリアの悪評をばらまき、あんな形で十年を捨てさせたくせに何を今さら。

怒りに震える手をぎゅっと握りしめた時、ヴァレンティンはまたもやため息をついた。

「セレナは学ぶ姿勢すら見せようとはしない。国内ではフェリアに戻ってきてほしいと願う声が上がっているのも否定はできない」

「そう、ですか」

ヴァレンティンの言葉なんて、フェリアにはまったく響かなかった。

クラウディオを信じている。彼と共に歩むと決めた。最初にフェリアを捨てたのはヴァレンティンの方で、今さら戻って来いと言われても、戻る必要をまったく感じない。

「――戻ってこい、フェリア。あんな老人より俺の方がいいだろう」

「ふ――ふざけないで！」

あまりな言い草に、十年がかりで身に着けた淑女の仮面が勢いよく剝がれ落ちた。スカートを両手で摑み、フェリアは胸を反らせた。

「戻ってこい？　よくそんなことが言えるわね！　馬鹿じゃないの！　前から馬鹿だとは思ってたけど！」

ぽんぽんとフェリアの口から出てくる言葉に、呆然としたようにヴァレンティンは目を瞬かせた。

彼の前では、こんなところ一度も見せたことがなかったし、常に彼の言葉に従うようにしていた。反発されるなんて想像していなかったのだろう。

「今さら戻って来いって戻れるはずないでしょ！　私とクラウディオ様の婚約はもう調ってる

んですからね！」

クラウディオは、フェリアを慈しんでくれる。愛おしんでくれる。フェリアも、それ以上の気持ちを彼に返したいと思っている。

この想いは、ヴァレンティンと婚約していた間は一度も芽生えなかった。

「あなたは——いえ、あなた達は、私の存在そのものを否定した。そうでしょう？　そんなところに、どうしたら戻れると思っているの？」

フェリアの行動が、大半セレナの行動に置き換えられていた裏にヴァレンティンの存在があったことをフェリアは知っていた。

それは、フェリアを婚約者の地位から追い落とし、そのあとセレナを迎えるためのものだった。　セレナも、自分で動くことには慣れていなかっただろうし、フェリアがいなくなった後、誰もフェリアのかわりに行動しなかったのだろう。

だから、フェリアがいなくなった後、セレナの評価が落ちるのも当然だ。

「今さら戻ったところで、私の居場所なんて、あの国にはない。私をお飾りの王太子妃に、セレナ嬢を心の王太子妃にってことかしら？　そんなことが通ると本気で思っているのなら、本当に愚かよね！」

一気に言い切り、大きく肩で息をつく。これ以上、ヴァレンティンと同じ空気を吸うのも不愉快だった。

「——失礼します！」

ぽんぽんと言いたいことを言い放ち、勢いよく向きを変える。

急ぎ足にヴァレンティンの前を立ち去ろうとしたその時だった。がっと肩を掴まれ、そのまま壁に押しつけられる。

すぐそこにヴァレンティンの顔があって息を呑んだ。

彼は、完全に怒っている。ここまで怒らせるつもりはなかったのだが。今のフェリアの発言は、図星だったのかもしれない。

「――お前、いい気になるなよ。昔から、お前のことが大嫌いだった。今の誘いにお前が乗ったら笑ってやるつもりだっただけだ！」

そう言い放つヴァレンティンは、フェリアをにらみつけている。

ここが王宮の廊下であることも、彼の頭からは消え失せているようだ。

「どうして、私があなたの誘いに乗ると？　あのような形で王宮から追い出されたのに……」

間違いなく、この発言もまた、ヴァレンティンの怒りを煽るものだったのだろう。

彼は右手を勢いよく上げ、そのままフェリアの頬に叩きつけようとする。

ぎゅっと目を閉じ、痛みに耐えようとしたけれど、その時はやってこなかった。

「いててて！　何をする！」

そのかわりに聞こえてきたのは、ヴァレンティンの声。

「小僧。フェリアに何をした？」

「――クラウディオ様！」

はっと目を開けば、そこに立っているのはクラウディオだった。

右手一本で軽々とヴァレンティンの喉を摑んで持ち上げたクラウディオは、ぐっと顔を近づけてもう一度たずねた。

「フェリアに、何をしたかと聞いている」

「——離せ！」

ヴァレンティンはじたばたとしているものの、クラウディオの力にはかなわない。ただ、手足を振り回しているだけで、クラウディオにはまったく届いていない。

彼が戻ってくるまで、あと二日あるはずだった。それなのに、どうして、今ここに彼がいるのだろう。

けれど、そんなことは今はどうでもよかった。

（……無事に、帰ってきてくれた……！）

無事を祈り続けた彼が、今、ここにいる。それだけで十分だ。

「私は、何もされていません。離してあげてください」

本当はけっこういろいろあったのだが、今はそれを言うべき時ではない。それよりも、クラウディオとヴァレンティンを引き離す方が先だ。

「断る！　フェリアに何をしたか言え！」

「な、何も……」

空中に持ち上げられたヴァレンティンは、じたばたともがいているが、クラウディオにはか

なわない様子だ。

クラウディオがフェリアの頼みを断ったことなど、今まで一度もなかったのに、今のクラウディオにはフェリアの言葉なんてまったく届いていないらしい。ますますクラウディオの手に力がこもる。

「本当に何もされていませんから……！」

なぜ、フェリアがクラウディオをなだめる側に回っているのだろう。じたばたしていたヴァレンティンの身体からどんどん力が抜けているのがフェリアにもわかる。

この状況は、本当にまずい。ヴァレンティンを持ち上げているクラウディオの右腕にフェリアもぶら下がるようにして、懸命に頼み込む。

「このままでは、死んでしまいます！　離してください！」

「――フェリアが、そこまで言うのなら」

フェリアが重ねて頼むと、クラウディオは勢いよくヴァレンティンを放り出した。顔面から床に激突したヴァレンティンはごほごほと咳をしている。

少々気の毒に思わないわけではなかったが、これは彼の自業自得というものだ。

ようやく咳の止まったヴァレンティンは、こちらを恨めしそうな目で見上げてきた。その表情に、またクラウディオの右手に力がこもる。

「……な、何をする！　俺は、フォルスロンド王国の王太子だぞ！」

よろめきながら立ち上がったヴァレンティンの口からようやく出てきたのは、それだけだった。悔し紛れにクラウディオに摑みかかるが、左腕一本で払いのけられ、無様に床に尻餅をつく。

「俺は、この国の王だが？」

右腕はフェリアがしっかり抱え込んでいるから、クラウディオは左手しか使えない。それでも、左手だけでヴァレンティンをはねのけたのだ。

なんというか、最初から勝負になっていない。

「いいか。これ以上フェリアに関わるようなら、次は投げるだけじゃすまないぞ」

「か、海賊はどうした！　予定より早いじゃないか！」

悔し紛れのヴァレンティンの言葉に、クラウディオは軽く肩をすくめただけ。

「じゃあ、それについては俺が説明しますね。フェリア様を一人、ここに残していったうちの大将は、どういうわけか波も風も自分の思うようにあやつってですね。三日かかるところを二日に短縮して、海賊の本拠地にたどり着いたんですよ」

波も風も自分の思うようにあやつってとはどういうことだ。今のは説明になっていない。

だが、懸命にも口を閉じたフェリアの目の前で、イザークはなんてことないように続ける。

フェリアのことなんて、ひょっとしたら彼の目には入っていないのかもしれなかった。

「それから、予定どおり海賊をひょいひょいと全滅させて、帰りも思いきり急いで一日短縮して帰って来たってわけです。以上終了」

まったく説明になっていないが、イザークはこれ以上説明してくれるつもりはなさそうだ。

クラウディオは、ヴァレンティンをにらみつけたまま続けた。

「海賊達の本拠地には、まだ香辛料が残されていたからな。どこの国の船に積まれていたものかわかる分は持ち主のところに送り返しておいたぞ。貴国の分もあった」

「そ、それは助かる……」

ようやく、ヴァレンティンも落ち着きを取り戻したようだった。

「それから、お前が連れてきたあの娘。もう少し、気を配った方がいい。他人の成果を横取りすることしか考えていないからな」

「なっ……」

ヴァレンティンは言葉を失ってしまったが、クラウディオは、手でイザークに合図した。

「俺の嫁に手を出そうとはとんでもない野郎だ。それに、とりあえずは退治できたが、生き残りはフォルスロンド王国内にいるからな。もう少し海賊退治が得意になるように俺が扱いてやろう」

「え、遠慮するっ！」

ヴァレンティンは裏返った声を上げた。

「はいはい、任せてください。ねえ、ヴァレンティン殿下。殿下の部下達も海賊との戦い方を学んだ方がいいと思うんですよ。俺と、俺の部下達がみっちりと扱くんで安心してください」

「安心できるか！　離せ！」

「いやー、今、離したらうちの大将激怒りするのが目に見えてるんでね。ちょっとそれは俺も困るんで、その分殿下が働いてください」

「お前の言っていることは意味不明だ！」

ぎゃーぎゃーと騒ぐヴァレンティンと、それを軽くいなすイザーク。再びじたばたと暴れ始めたヴァレンティンだったが、イザークに片手で引きずられていく。

どうやら、クラウディオだけではなく、イザークにもまったくかなわないらしい。

二人が遠ざかっていくのを、フェリアは呆然と見送った。角を曲がって消えるところまで見送り、ようやく我に返る。

今までクラウディオの右腕にしがみつきっぱなしだった。改めて顔を見上げ、ようやくじわじわと実感がわいてくる。

「クラウディオ様……お帰りなさい！」

フェリアは、勢いよくクラウディオの胸に飛び込んだ。

「今、帰ったぞ。あの男と二人にして悪かったな」

「そんなの、どうでもいいの。だって、クラウディオ様が帰ってきてくれたんだもの」

ぎゅうぎゅうとクラウディオの身体に腕を回し、胸に額を押しつける。どれだけフェリアが力を込めても、クラウディオはびくともしなかった。

「お帰りなさい」

「――ただいま、フェリア」

もう一度、クラウディオの身体にしがみつく。こんな風に、彼が側にいてくれる。それが何よりも幸せなのだと思った。

◇　◇　◇

「私、もう無理だって言ってますよね？　聞いてますか？」

感動的な再会もつかの間。フェリアは完全に混乱していた。これは、果たして正しいのだろうか。

クラウディオは戻ってきたそうそう、フェリアを自分の部屋へと引っ張り込んだ。

いや、毎晩フェリアもここで寝ているのだから二人の部屋なのだが、今はそんなことを言っている場合ではない。

寝室に引っ張り込まれたら、あとはクラウディオの好きにされるだけ。離れていたのは十日に満たない時間。

それでも、クラウディオが野獣と化すには十分だったようだ。

最初は慈しむようにフェリアに触れていたはずが、どんどん暴走を始めた彼は止まらなかった。

最初はフェリアを寝台に押しつけて抱いたかと思ったら、次には背後から貫かれた。

そこで意識が飛んだけれど、気がついた時には、座った彼の膝の上に抱きかかえられて揺さぶられていた。

膝を折り曲げられて強引に奥を突き上げられ、そこでもう一度意識が飛んだけれど、それでもまた許されなかった——結果。

疲労困憊のフェリアは夕食に起きることができず、現在すでに真夜中近い。多少恨みがましい声を漏らしてしまったとしてもしかたないと思う。

「フェリアが足りなかったのだからしかたない」

「そういう問題ではありません！」

怒った口調で言っても、半分かすれているのだから迫力は皆無だ。レモンの果汁を絞り、蜂蜜を入れた冷たい水をもらって、ようやく少し落ち着きを取り戻す。

「葡萄を剝いてやるから機嫌を直せ」

「機嫌は悪くありません！」

素肌にシーツを巻き付けただけという自堕落な格好なのに、クラウディオはまったく気にしていない様子だ。

下穿きだけ身に着けたかと思ったら、傍らのテーブルへと手を伸ばす。

そのテーブルには、果物が用意されていたけれど、今日クラウディオが戻ってくる予定はなかったから、フェリアは用意するように命じていない。

いつ、そこに置かれたのかということを考えると頭が痛いが、今はそこを追及する気力もなかった。

「それとも桃にするか」

「……どちらでも」

空腹かどうかと問われると、少し考えてしまう。あまりにもクラウディオが激しかったものだから、空腹より疲労の方が大きいくらいだ。

「ほら、口を開けろ」

ナイフでくるくると器用に桃を向いたクラウディオは、一口サイズに切り分けた桃をフェリアの前へと差し出す。

小さく口を開けたら、中に甘い果実が押し込まれた。柔らかな桃は、口の中でつぶれて、クラウディオの手まで果汁が汚す。

慌てて舌で舐め取ったら、クラウディオは喉の奥で妙な音を立てた。

「どうかしましたか？」

「いや、たいしたことはない。もう一切れ食うか」

こくりとうなずいたら、もう一切れ、一口サイズに切り取った桃が差し出される。フェリアはまた、果汁を舐め取って、クラウディオが小さく唸る。

今度は何も言わず、もう一切れ差し出された。素直に口を開けて呑み込む。ぺろりと指を舐めたら、クラウディオは大きく息をついてナイフを置いた。

「……もうおしまいですか？」

お腹は空いていないと思っていたけれど、果物を口に入れたらなんとなく空腹感を覚えたようだ。物足りなくてたずねると、クラウディオは今度はオレンジを手に取る。

「桃はやめだ。オレンジにしよう」

「まだ、残ってます。もったいないから駄目です」

そう抗議すると、はぁっとため息をついたクラウディオは、もう一度桃を手に取った。一切れ切り取ったけれど、今度は口まで運んでくれない。

フェリアの手の上に落とすから、フェリアはそれをクラウディオの口元に差し出してみた。

「――どうぞ？　――ひゃあっ」

桃だけではなく、指に垂れた果汁まで舐められる。それから、桃を乗せた手のひらまでも。くすぐったさに肩をすくめれば、指の根元まで丹念にしゃぶられる。

「く……ふぁ、あぁんっ」

先ほど、何度も意識が飛ぶほど奪われた後だというのに、フェリアの身体はすっかり貪欲になってしまったらしい。

指を舐められただけなのに、身体の奥の方がちりちりとし始める。にやりとしたクラウディオは、そのまま指を引き抜いた。

「まだ、空腹だろう。オレンジもあるぞ」

「い、いただきます……」

ナイフで割られたオレンジ、クラウディオが皮を剝いてくれた葡萄。汁気たっぷりのメロン。果汁が肌に落ちればすかさず舌で拭われる。

唇の脇を舐められ、フェリアはくすりと笑ったけれど、身体の奥は先ほどからずっと熱を帯びている。あんなに抱き合ったのに。

果物を食べているだけなのに、こんな風になるなんて、完全にクラウディオに溺れてしまっているようだ。

そして、クラウディオの方は、フェリアのそんな変化も完全にわかっている。空腹が満たされるまでいろいろな果物を与えてくれたクラウディオは、ようやくナイフを置いた。

「とてもお行儀が悪いですね、こういうのは」

「けっこうフェリアだって楽しんでいただろうに」

「それは……否定しませんけれども。悪いことだから、楽しいんですよ、きっと」

シーツの上にうつぶせになり、同じように腹ばいになっているクラウディオにぴたりと寄り添う。

彼がいない間、本当に心配だった。自分にできることはないかと、城内あちこち歩き回っていたけれど、十日で戻ってくると言ってくれた彼の身に何かあったらと思うと恐ろしくてしかたなかった。

「――んっ」

首筋にかかった髪をクラウディオの手が払いのけて、鼻にかかった声が漏れる。

果物を口に運ぶ合間合間にじゃれ合いとも愛撫ともつかない戯れを繰り返していたから、身体は先ほどからずっとじりじりしっぱなしだった。

そのままクラウディオの指が、耳を撫で、首筋をくすぐり、肩から鎖骨までなぞってくるのをうっとりと受け入れる。

どうしようもない幸福感は、きっとクラウディオが相手だからだ。

「欲しいなら、欲しいと言え」

先ほどまでさんざんフェリアを貪ったくせに、こんな時にまでまだ余裕なクラウディオ。少しばかり唇を尖らせながら、フェリアも返した。

「それは、クラウディオ様の方でしょうに」

だって、自分ばかり翻弄されるのはなんだか悔しい。悔しいから、じっとりとした目でクラウディオを見上げてしまう。

「言うようになったな。そのとおりだ」

「――きゃあっ」

笑いながらクラウディオはフェリアを抱き込み、フェリアは下腹部に押しつけられた熱に悲鳴を上げる。最初からわかってはいたのだが、欲望をまざまざと押しつけられれば羞恥に頭が焼けそうになるのは、いつまでたっても変わらなそうだ。

フェリアを抱え込んだまま、くるりと身体を反転させたクラウディオは、自分の上になったフェリアを見てにやりとした。

「たまには、こういうのも悪くはないだろう」

「……なんてことを」

先ほどから二人とも何も身に着けていない。だから、クラウディオにまたがるようにして座らされたフェリアは、彼と密着しているところ以外、すべて彼の目にさらしてしまっている。白い肩から零れ落ちる銀髪も。呼吸に合わせて緩やかに上下する豊かな胸も。それから、滑らかな脇腹、細く、引き締まった腰。

首を振り、髪を肩から胸へと落とす。そうしたら、少しでも身体を隠せるのではないかと思ったけれど、すぐにクラウディオの手によってまた肩から背中へと払い落とされる。

「あまり見ないでください……！」

クラウディオと何度身体を重ねても、素肌を見られるということに慣れたわけではない。真っ赤になっている様子に、クラウディオはますます口元を緩めた。

「それなら、こうすればいいだろう。俺も見えないから、同じだな」

腹筋の力だけを使って、彼は上半身を起こした。

背中に腕を回されて引き寄せられれば、胸と胸がぴたりと合って、腹と腹もぴたりと合う。たしかに見えてはいないけれど、体温をより強く感じる分、見えていないからこその羞恥心が芽生えてくる。

「クラウディオ様」

彼の名を呼ぶフェリアの声は、どこまでも甘かった。無事に帰ってきてくれてよかった――彼が弱いと思ったことなど一度もないけれど、それでも拭いきれない不安や恐怖というものを否定することはできない。

今、こうしてぴたりと密着していると、じわじわと幸福感が込み上げてくる。

「んぅ……む、ぁぅ」

上目遣いに彼の顔を見上げれば、唇を指先でなぞられる。小さく開かれた唇の隙間に、クラウディオはすかさず指を押し込んできた。

爪の先で舌を軽く引っかかれ、そこから腰のあたりにじんとした痺れが広がる。くるりと返され、上顎の裏をなぞられたら、そこもまた甘く痺れた。

「むぅ……ん、んん……」

こうなったら、フェリアの方も止まらない。口内に差し込まれた指に懸命に舌を絡ませ、零れ落ちそうな唾液を啜り上げる。

「……ん？」

右手を取られたかと思ったら、クラウディオはフェリアの右手を持ち上げた。わざとこちらの目を覗き込みながら、ゆっくりと手のひらに舌を這わせてくる。

ぞくりと背筋に痺れが走った。これから先の快感が、より深いものになるそんな予感。

目をそらさずに、フェリアも口内に含んだ指を吐き出す。今、されたのと同じようにクラウディオの手に舌を這わせた。

親指がクラウディオの口の中に吸い込まれる。熱い舌が指にまとわりつく。

それを真似てフェリアもクラウディオの親指を口に含んで、同じように舌を動かす。

その間も視線はずっと交わったまま。互いに愛撫しているのは右手だけなのに、まるで全身が性感帯になったみたいに熱くなる。

「んっ――は、あぁ……」

クラウディオが水音を立てれば、フェリアもわざと音を立てる。二人分の水音が重なって響いて、より淫靡《いんび》な気分をかきたてる。

親指を堪能したあとは、人差し指。同じように舌を這わせ、吸い上げ、唾液をたっぷりとまぶしてから中指へ。薬指、小指――口に含む指が変わる度に、身体の疼きは大きくなっていく。

「目がとろんとしているな。指がそんなによかったか」

「だって」

ようやく右手の小指にまでたどり着いた。自分の唾液に濡れた手で頬に触れられ、フェリアは小さく息をつく。

いったいどうしてしまったというのだろう。身体の奥はじんじんとしていて、クラウディオの動きに敏感に反応してしまう。

彼の言葉どおり、クラウディオの目に映る自分の顔は、完全に蕩けている。

今日、さんざん彼を受け入れた場所が未だにじんじんしていて、早く埋めてもらえと訴えかけてくるのだ。

「クラウディオ様のせい――だもの」

半分恨みがましく、半分は欲情にまみれた目でクラウディオをにらみつける。にやりと彼が悪そうに口角を上げ、それにもまたドキドキしてしまう。

「それなら――自分で入れてみろ」

「じ、自分でって……そんなこと言われても」

下腹部に押しつけられた彼の熱は、今夜何度も精を放った後だというのに少しも衰えてはいない。腰を浮かせるようにしてなお押しつけられれば、反射的にフェリアの喉が鳴る。

「難しくはないだろう。今まで何度も入れてきたんだから」

「そ、そういう意味ではなく――！」

なんてことを言うのだ、この男は。

たしかに今まで何度も受け入れてはきたけれど、毎回どろどろになるまで丹念に身体を解されてから。

手足に力が入らなくなって、ようやく与えられた熱に、フェリアは翻弄されるのがいつものこと。

今だって、身体にはほとんど力が入らないのに、自分で入れろだなんて無茶な要求されても困る。

「……ほら、これが欲しいんだろうに」

「や、あ、あっ」

クラウディオの力で軽々と腰を持ち上げられ、膝立ちにされたかと思ったら、脚の間に熱いものがあてがわれる。それだけで、身体の奥がじわりとして、新たな蜜を零してしまうのだからフェリアもたいがいだ。

「い、入れるって……あんっ」

そのまま腰を落としかけるけれど、つるりと滑って狙いが外れる。その拍子に敏感な淫芽をかすめられて、感じた声が上がった。

「そのまま入るわけないだろ。こうして、根元を支えて」

「あっ——そんな……！」

右手を導かれ、クラウディオ自身の根元に添えられる。手に触れたそれは、火傷しそうなくらいの熱を帯びていて、思わず欲望のため息が零れた。

「んっ……あっ……」

今夜幾度も快感を貪った身体は、欲望に正直だ。自分で欲望の証しを握りしめ、自分から腰を落としていくというつもなら羞恥に頭が焼けそうになるであろう行動も簡単にとることができた。

「……あ、はぁ……」

じわじわと濡れた蜜壁を押し広げられる感覚。放たれた精を受け入れた蜜壁は完全に蕩けていて、与えられた熱に蠢動《しゅんどう》しながら絡みつく。

「いい顔だ。それに、俺も——気持ちいい」

「本当に？　本当に、気持ちいい？」

じわじわと落としていった腰が、ようやく最奥までクラウディオを呑み込んだ。彼の首に両手を巻き付け、すぐそこまで顔を近づけ見つめてみる。

本当に、彼は気持ちよくなってくれているんだろうか。

悩ましげに寄せられた眉。いつもより荒くなった呼吸。

何より、フェリアが身じろぎする度に、腰を掴んでいるクラウディオの手に力がこもる。まるで、欲望のままに突き上げようとしているかのように。

「ほら、自分で動いてみろ——そう、上手だ」

「あっ、ん……やだ、きつい……！」

クラウディオの手がフェリアの腰を持ち上げ、そして、そのまま沈めてくる。最初のうちは、彼の手に任せていたのがだんだんじれったくなってくる。

腰を上げ、先端近くまで引き抜く。充溢感《じゅういつ》が失われるのを嘆くように、フェリアの内側はクラウディオに絡みつく。

それから腰を落として、また根元まで受け入れる。閉じたばかりの媚壁が、また強引に押し広げられる感覚がたまらなくいい。

いつの間にか上下の動きに加えて、前後左右に腰に円を描かせる動きまで加わっていた。

「あっ……いいっ、気持ちいぃ……ねえ、クラウディオ様、クラウディオ様は……？　あぁっ！」

喘ぎまじりに問いかける。自分だけ気持ちよくなるのは嫌だ。

再び根元近くまで呑み込もうとしたら、クラウディオは腰を突き上げた。自分で予期していたところより一段奥を抉られ、今までよりいっそう高い声が上がる。

「すごくいいぞ。フェリア——だから、お前ももっと気持ちよくなればいい」

「あっ、いい、いいから！　もう、だめ、そんなにだめ、だってばぁ！」

フェリア自身の意思だけでは止まらなかった。細い腰をがっちり摑んだクラウディオは、今度は下からがつがつと抉ってくる。

力強く腰が打ち付けられる度に、腰骨すべてが蕩けてしまうのではないかと思うほどの、強烈な愉悦に襲われる。

過敏になった内壁を、擦られ、突き上げられ、こね回されて、もう後は止まらなかった。自分から快感を得ようとしていたはずが、クラウディオに翻弄されて、抵抗できなくなる。

「んっ……クラウディオさ、まぁ……」

あまりにも強い官能に、頭の中は真っ白。ただ、彼のことしか考えられなくなる。

「愛しているぞ、フェリア」

「あんっ、好き……あ、愛して……はぁんっ」

愛の言葉を告げようとしたとたん、二人の身体がぶつかる度に弾けていた愉悦が、いっそう大きく爆発する。ぐっと背中を反らし、全身を激しく震わせて、快感を限界まで貪ろうとした。

クラウディオとなら、どこまでも行けそうな気がする。他には、何も必要ない。

彼の方も、もう限界が近いようだった。片方の手が背中に回され、より強く密着させられる。

視界が揺れるほど激しく揺さぶられ、最奥を突き上げられて、また新たな悦楽に、フェリアの唇からは快感を告げる声が高々と上がる。

そこからあとは、愛の言葉さえ告げる余裕も失われていた。口から零れるのは喘ぎだけ。ただ身体をぶつけ合い、より深い悦楽を目指す。

達する度に、得られる快感はより強く、より深くなり、何度も視界が白一色に染め上げられた。

「俺も限界だ。全部受け止めろ——いいな」

「は、はい……全部——あぁぁっ！」

壊れそうなほどの勢いで揺さぶられ、またもや極みへと押し上げられる。

熱く脈動する肉杭が、みっしりと身体の奥まで埋め尽くし、さらには抉るように突き上げたかと思ったら、したたかなまでの勢いで精を吐き出す。

最奥を濡らされる感覚にもまた敏感に反応して、軽く極めてしまったフェリアに、クラウディオは愛おしげに口づけた。

「は、あ……もう、無理……」

クラウディオから身を解いたとたん、フェリアはシーツの上に崩れ落ちた。また、何度も絶頂まで駆け上ってしまった。

身体が重くて、もう今夜は動くことなどできそうにない。

「クラウディオ様には、勝てそうにありません……」

そう口にする割に、何に勝つつもりなのかフェリア自身にもよくわかっていないけれど。

隣に身体を横たえたクラウディオの方は、フェリアとは違ってまだ余裕たっぷりだ。本当に、この体力の差はどこから来るのか真面目に問いただしたい気分だ。

「お前とは鍛え方が違うからな」

「それだけじゃない気がします……」

クラウディオの肩に、フェリアは鼻先を擦りつけた。ものすごく甘えた仕草だが、こんなフェリアを知っているのはクラウディオだけだからかまわない。

（……私、今、幸せ。ものすごく、幸せ）

そんな風に考えながらも、ぐったりとシーツに身を横たえるフェリアの耳に、とんでもない宣言が聞こえてきた。

「今のでおさまりがつかなくなった。もう一度付き合えるだろう」

「む、無理っ！　無理ですってばぁ……」

シーツの上を這って逃げようとしても、逃げる場所なんてあるはずもない。クラウディオの腕に搦め取られたら、あとはもう彼の思うままにされるしかなかった。

エピローグ

真っ白な花嫁衣装に身を包んだフェリアは、両親の方を向いて立ち上がった。首をかしげ、父に問う。

「どう？　似合っている？」

「よく、似合っているよ」

上から下まで何度も視線を往復させ、父は目元を柔らかくした。

フェリアがこの国に連れてこられた時、父は王の命令で隣国への使者として赴いていた。母も同行して、先方の有力者の奥方達と、女性ならではのネットワークを作るために協力していた。だから、フェリアがヴァレンティンから婚約破棄を叩きつけられた時、二人とも留守にしていたのである。

「攫うようにして連れ去ったから、お前がひどい目に遭っているのではないかと少し心配したが、クラウディオ陛下は素晴らしい人だね」

「そうでしょう？　私、この国に来ることができて嬉しいと思っているの」

父は少しだけ、フェリアのことを心配していたらしい。だが、クラウディオは三日に一度の割合で両親のところに使者を飛ばし、フェリアの様子を逐一教えてくれていたのだそうだ。

フェリアも何度か両親に手紙を書いたけれど、まさかそんなに何度も使者を送っているとは思っていなかった。

「ヴァレンティン殿下は、今どうしているの?」

フェリアを追いやったヴァレンティンは、あの後クラウディオやイザークだけではなく、フロジェスタ王国の海軍の兵士達にさんざん扱かれたらしい。

らしいというのは、あれ以来、一切顔を合わせていないからだ。

セレナと一緒に引き揚げる時にはしゅんとしていたそうだけど、フェリアはヴァレンティンがどんな顔をしてこの国を去ったのかは知らない。

クラウディオが、フェリアは見送る必要がないと言ったし、彼がそう言うならそれでいいとフェリアも思っている。

「殿下は、だいぶ苦労しているようね。なにせ、セレナ嬢があんな感じだから……」

「あぁ……そうね……」

たぶん、フェリアに戻って来いと言った時のヴァレンティンは本気だったのだろう。

セレナを王太子妃にするわけにはいかないと、貴族達の間からは反対の声が上がっているそうだ。

新たな王太子妃候補者の選定も始まっているけれど、フェリアへの態度を見ていた令嬢達は、ヴァレンティンの妃になるのは全力で断っているらしい。

セレナの尻馬に乗ってフェリアを非難していた彼女達が手のひらを返したようになったのには思うところもないわけではないが、フェリアに戻って来いと言わないのであればかまわない。

適当な候補者が見つからなければセレナと結婚するしかないわけで、ヴァレンティンは今、王太子となるための勉強を、全部やり直しているところらしい。

それはセレナも同様で、その試練を乗り越えられたらどうにかなるんじゃないかという話だった。

(まあ、私にはもう関係ないけれど……)

一度くらいヴァレンティンをひっぱたいてやった方がよかったかもしれないと思うが、それはそれ、これはこれだ。

クラウディオに嫁ぐ今、あの頃のことは完全に記憶から消去してしまってかまわない。ヴァレンティンには、フェリアの目に入らないところで幸せになってもらえばそれでいい。

「——クラウディオ様」

「今日も美しいな、フェリア」

白一色に身を包んだクラウディオは、一段と男ぶりが上がったようだ。フェリアはうっとりと彼を見つめる。

最初は怖かったし、担いで部屋まで連れ去られて、いったいどうなることかと不安を覚えた。けれど、今、ここにこうして立っていられることが人生最大の幸せだと思う。

クラウディオが結婚式を行うのは、教会ではなかった。

港にはたくさんの人が集まっていて、二人の門出の時を見守ってくれている。

「──フェリア」

フェリアの名を冠した船の上で海の女神に永遠の愛を誓い、それから女神への捧げものを海へと投げ入れる。

まずは今日のご馳走の一部を、女神に捧げ、それから最高のワインを一本分。

最後に、白い薔薇ばかりを集めた大きな花束を投げ入れた。これで、すべてが終わりだ。

「──愛しているぞ、フェリア」

「私も、あなたを愛しています」

「近いうちに、南の大陸にお前を連れていってやる。この船ならば、どんな波も越えられるからな」

集まった人達の前で堂々とクラウディオが宣言する。

海の女神は、女性が船に乗るのは好まないけれど、真に愛し合う二人ならば、逆に祝福してくれるそうだ。

「──楽しみです！」

最愛の人に向かってそう宣言すると、フェリアの方から伸び上がって彼の頬にキスをした。

あとがき

『悪役令嬢、コワモテ陛下にさらわれました!!! 愛され奥さまにジョブチェンジですかっ?』にお付き合いくださりありがとうございました。宇佐川《うさがわ》ゆかりです。

ゲームもプレイするのですが、全キャラクリアは今のところやったことがありません。

皆さん、全キャラクリアするものなのでしょうか。

私は、気が向いた時に、面白そうだと思ったものを、年に数本、だらっとプレイするスタイルなのでゲーム雑誌とかもほぼ読まないのですけれども。そういう意味では、今回のヒロインフェリアの前世、莉子に近い雰囲気かもしれません。

さて、今回の舞台は海の国です。「船を出すぞー!」と、資料を集めたのですが、結果としてほとんど使いませんでした。

クラウディオが現役で船に乗っていればまた違ったのでしょうが、彼は王様なので、基本的には海には……出られない……! とはいえ、きっと近いうちに「南の大陸」までフェリアを連れていくのではないかと思います。エピローグのシーンで、本人も宣言していますしね。

あとのことは、彼の従兄弟(現時点での後継者)がきっとなんとかしてくれるはずです。彼は作中、名前すら出てきませんけれども。

名前がないと言えば、ヴァレンティンの護衛騎士もです。プロットの段階では名前もあって、最初の原稿ではわりと最後の方まで出てきたのですけれど、彼がいるとフェリアに暴言吐くシーンが増えて話が進まないので、推敲の段階で彼の出番はなくなりました。

前世のフェリアの一番のお気に入りキャラだったので、出したかったのですが、ヒロインに暴言吐きすぎるキャラが目立つのはよくないですよね。

今回のイラストはＳＨＡＢＯＮ先生が担当してくださいました。

表紙のラフをいただいた段階で、絶叫。クラウディオの大人の男の色気に完全にやられました。フェリアもとっても可愛らしくて、ディスプレイの前で悶えました。

口絵もまだラフしか拝見していないのですが、とても素晴らしく、改稿の段階でノリノリで前後のシーンを含めて増量してしまいました。お忙しい中、お引き受けくださりありがとうございました！

担当編集者様。今回はお互い公私ともに人生最大級に忙しい……という時期にぶつかってしまって大変だったという状況でしたが、そんな中でも親切にご対応くださりありがとうございました。

読者の皆様。最後まで読んでくださってありがとうございました。悪役令嬢と海の王様のお話、楽しんでいただけましたでしょうか。ご意見、ご感想お寄せいただけたら幸いです。

また近いうちにお会いできますように。ありがとうございました。

宇佐川ゆかり

ファンレターの宛先

〒102-8177 東京都千代田区富士見2-13-3
株式会社KADOKAWA　ジュエル文庫編集部
「宇佐川ゆかり先生」「SHABON先生」係

http://jewelbooks.jp/

悪役令嬢《あくやくれいじょう》、コワモテ陛下《へいか》にさらわれました!!!
愛《あい》され奥《おく》さまにジョブチェンジですかっ?

2019年9月25日　初版発行

著者　宇佐川ゆかり
©Yukari Usagawa 2019
イラスト　SHABON

発行者 ――――― 青柳昌行
発行 ――――― 株式会社 KADOKAWA
〒102-8177 東京都千代田区富士見2-13-3
0570-06-4008(ナビダイヤル)
装丁者 ――――― Office Spine
印刷 ――――― 株式会社暁印刷
製本 ――――― 株式会社暁印刷

●お問い合わせ(アスキー・メディアワークス ブランド)
https://www.kadokawa.co.jp/ (「お問い合わせ」へお進みください)
※内容によっては、お答えできない場合があります。
※サポートは日本国内のみとさせていただきます。
※ Japanese text only
※定価はカバーに表示してあります。

Printed in Japan
ISBN 978-4-04-912775-1 C0076